经典写作课
WRITING

悬疑小说的构思与写作

Plotting and Writing Suspense Fiction

〔美〕帕特里夏·海史密斯 著

Patricia Highsmith

郑诗亮 译

人民文学出版社
PEOPLE'S LITERATURE PUBLISHING HOUSE

著作权合同登记号　图字 01‐2021‐2518

Patricia Highsmith
Plotting and Writing Suspense Fiction
First published in Great Britain by Poplar Press 1983

图书在版编目(CIP)数据

悬疑小说的构思与写作/(美)帕特里夏·海史密斯
著;郑诗亮译.—北京:人民文学出版社,2022(2024.5 重印)
(经典写作课)
ISBN 978-7-02-017293-1

Ⅰ.①悬… Ⅱ.①帕… ②郑… Ⅲ.①散文集-美国
-现代 Ⅳ.①I712.65

中国版本图书馆 CIP 数据核字(2022)第 120523 号

责任编辑　卜艳冰　潘爱娟　邰莉莉
封面设计　钱　珺

出版发行　人民文学出版社
社　　址　北京市朝内大街 166 号
邮　　编　100705

印　　刷　山东新华印务有限公司
经　　销　全国新华书店等

字　　数　77 千字
开　　本　889 毫米×1194 毫米　1/32
印　　张　4.5
版　　次　2022 年 7 月北京第 1 版
印　　次　2024 年 5 月第 2 次印刷

书　　号　ISBN 978-7-02-017293-1
定　　价　45.00 元

如有印装质量问题,请与本社图书销售中心调换。电话:010‐65233595

目录

序　言

这不是一本操作手册。要想说明如何写出一本成功的——也就是好看的——书，几乎是不可能的。但是，这就是写作之所以能够成为一种生机勃勃、令人兴奋的职业的原因——永远存在着失败的可能。

正因如此，我在书中讲述失败的篇幅与成功是等同的，因为从失败中可以学到很多。向大家揭示我有时在时间、精力上的巨大损失及其原因，也许可以使其他作家免受相同的痛苦。我写作生涯的前六年算不上成功，后来发生了一些幸运的事情。然而，我并不觉得运气是你可以追求或指望的力量。也许，一个作家的大部分运气来自在合适的时间能够得到合适的曝光，而这一点我确实也在书中谈到了。

本书从最基础的内容开始，是献给新入行的年轻作家的，当然，就作家而言，一个年纪很大的新手也还是年轻作家，而且，最基础的工作总是一样的。我认为所有的新手都已经算是作家了，因为，无论结果如何，他们都打算冒着风险，让自己的情感、怪癖以及对生活的态度公诸于众。

出于这个原因，我从日常生活中的各种事件谈起，每一起事件都可能激发一个故事。一个作家就是在这里起步的——先是作家，然后是读者。所谓艺术，正是通过告诉读者一些可笑的，或值得花上几分钟、几小时来关注的东西，来吸引他的注意力。

在这本书中，我谈到很多奇异事件，就是那些使我写出几篇好故事或几本好书的巧合。正是这些出乎意料、往往微小琐细的事件，能够给作家带来灵感。因为我写《玻璃牢房》时遇到了比平时更多的困难，所以，我详述了写这本书的灵感、获得背景材料的困难，还有和编辑之间的问题，如何应付拒稿信，稿件又如何被接受，然后，有点锦上添花似的，书改编成同名电影。

许多初学写作者认为，有名气的作家一定有成功的公式。这本书首要的一点即是澄清这种想法。除了个性，或者说人格，写作没有任何成功的奥秘可言。每个人都是不同的，写作无非就是个体表达自己与他人的差异而已。这就是我所说的精神的开放。而这并不神秘。它仅仅是一种自由——有组织的自由。

本书不是为了让谁更加努力地工作，但我希望，它能够让想要写作的人意识到，自己心中已经蕴含的东西。

　　　　　　　　　　　　　　　帕特里夏·海史密斯

前　言

　　二十多年前，我在作家出版公司的建议下写了这本书，那是一家设在波士顿的出版社，出版那些有助于作家提高技艺以及为作品打开销路的杂志和书籍。我意识到，没有一本书可以告诉一个新手作家如何成功，如何写出畅销的作品——事实上，这可能不是每个作家的目标。然而，这是我年轻时的目标，因为我选择（或者说是尝试）通过写短篇小说和书籍来谋生，而我没有个人收入。因此，在这本书中，我谈到了我的起步阶段、写过的短篇小说，我初次创作小说的尝试，以及我出版的第一部小说《列车上的陌生人》。我还写到了自己的失败和错误；从中我有所收获，也许其他人也能有所收获。

　　最近这些年，许多曾经购买短篇小说的美国杂志已经倒闭。悬疑类杂志就是那么几家，我首先想到的是《埃勒里·奎因神秘杂志》和另一本月刊《阿尔弗雷德·希区柯克神秘杂志》。什么是悬疑？我试着回答这个问题：悬疑小说是指暴力行动——甚至死亡——的可能性一直都很迫在眉睫的小说。我并不想将自己的想象局限于暴力主题，但这本书是从商业角度来理解悬疑小说写作的，这就意味着暴力，有时候则意味着谋杀。

今天的悬疑小说市场可能缩小了，但我认为现在的悬疑短篇故事与小说的质量更高了，这就使得悬疑小说写起来更令人惬意。然而，一个悬疑故事或小说的组成成分和写作过程仍然是一样的，至少在我看来是一样的。"你的点子是从哪里来的？"这个问题仍然出现在我与记者的几乎每一次交流中。这个问题曾经让我感到不安，因为我无法回答，我知道，我无法用让采访我的人满意的语言来回答这个问题。我会回答"凭空想象"，现在我仍然这样回答，但是会面带微笑。点子来找作家，而不是作家去找点子——至少我在这本书中谈到的那一类写作、那一类的作家想象力是这样。"点子来找我，就像我从眼角瞥见的鸟儿一样，"我对记者说，"我可能会，也可能不会，去近距离地观察这些鸟儿。"我最喜欢有人祝我点子满满，所以我在这本小书中花了些时间提出建议：如何保持思想开放、接受各种点子。然后，我描述了我自己那套随性、不受约束的，让某个点子发展成一个短篇或一本书的方式。

如果说一些短篇小说的旧销路早已不再，那么新销路也已然打开。例如，纽约的《奥秘》杂志，这本光鲜亮丽、不设限的杂志，释放了作家的想象，也满足了读者的幻想。还有，电视的频道也在不断增加，观众对由短篇小说和小说改编的电视剧的兴趣也越来越大。法国刚刚买下我写的十三个最黑暗或者说最有趣的短篇小说，每个故事都由不同的导演执导，长度近一个小时。这些故事是从我的四本短篇小说集中挑选出来的，每本至少有十个故事。其中有两三个故事是我周末在罗马公寓里写的，那里很优雅——事实上无异于一个宫殿，但是很吵闹，我晚上几乎睡不着。从周一到周五，我在写《玻璃牢房》——之后我会在《情节设计》这一章详细讨论这部小说。我在写它的时候遇到了困难，然后又把它删去。在最终被出版社接受之前，它至少被退了一次稿。我的一些短篇小说都是从最微不足道的点子开始的。你永远不知道什么可以写成一篇值得注意的、经典的短篇小说。

有一件事是肯定的：公众、读者和电视观众都希望获得快乐，被一个"故事"吸引。他们想要一些不寻常的东西，让他们能够铭记、吓到发抖、哈哈大笑、作为谈资、向朋友推荐。在一个点子的萌芽和获得一大批欣赏它的观众之间，有一段漫长的距离。因此，在书中，我描述了自己遇到的经济问题，还有身体不适——噪声、其他人的影响，我还谈到一个作家必须努力为自己宣传，因为他不能总是指望经纪人来做这些事情。经纪人和其他人一样会偷懒，尤其是对那些利润不多的客户。作家往往要靠自己努力，想尽一切办法来宣传自己的才华。

每个人都与旁人不同，正如笔迹和指纹所证明的那样。因此，每个画家、作家或作曲家都有（或者应该有）与他人不同的东西要表达。人们可以从很远处一眼就能辨认出伦勃

朗或梵高的作品。我相信个性，相信做自己，相信最大限度
地发挥自己的才能。这就是本书的全部内容。这就是大众终
究会喜爱的东西——特别的、个性化的东西。

1988 年 4 月

点子的萌芽

在写书的过程之中，那个你首先应该想要去取悦的人，是你自己。如果整整一本书写下来你自己都是快乐的，那么出版商和读者也可以，而且肯定会与你有相同的感受。

任何一个有开头、中段和结尾的故事都有悬念，至于悬疑小说的悬念，可能就更多了。在本书中，我将按照图书出版业的习惯来使用"悬疑小说"这个词，具体指的是，包含暴力动作与危险，或暴力动作与危险的威胁的故事。悬疑小说的另一个特点是，它们通常以一种非常生动、往往也相当肤浅的方式，为人们提供娱乐。你不会期待悬疑故事中有什么深刻思想，也不想读到情节毫无进展的冗长章节。但悬疑小说这一门类的魅力在于，如果作家愿意，他们是可以写出深刻的思想的，也可以在某些章节不去描写动作场面，因为整个小说的故事框架就已足够生动。《罪与罚》就是一个很好的例子。事实上，在我看来，陀思妥耶夫斯基的大部分作品如果在今天首次出版，都会被视作悬疑类书籍。只不过，出于节省成本的考虑，他会被要求删减内容。

展开故事的萌芽

什么是一个点子的萌芽？对一切作家来说，它可能意味着各种事物：一个孩子在人行道上摔倒了，打翻了蛋筒冰激凌；一位外表体面的男士偷偷摸摸、好像遭人强迫似的在杂货店里把一个熟透了的梨揣进口袋，没有付钱。它也可以是短短的一串突然跃入你脑中的、无中生有的动作，这些动作没人看见或听到过。我的大多数萌芽点子都属于后一种。举例而言，《列车上的陌生人》的情节的萌芽是："两个人同意去谋杀彼此的敌手，以确保一个完美的不在场证明能够成立。"另一本《弥天大错》的点子的萌芽没那么行得通，故事的展开也更为艰难，却坚韧地在我脑中停留了一年多，一直纠缠着我，直至我找到一种方式把它写出来。后一个故事的点子是："两桩罪行惊人地相似，尽管犯下罪行的人互相并不认识。"我知道，许多作家对这个点子不感兴趣。这是一个"那又怎么样"式的点子，需要润色与补充。用这个点子写书的时候，我让一个多少有些冷酷的杀手犯下第一起罪行，然后让一个试图模仿第一起犯罪的外行完成第二件，因为他认为第一个杀手已经逃脱了罪责。其实，如果不是因为第二个人冒冒失失地想要模仿，第一个杀手确实已经成功逃脱了。而第二个人的模仿犯罪甚至都没有全部完成，只是进行到某一刻的时候，因为与第一起犯罪的相似性，引起了一位警探的注意。一个"那又怎么样"式的点子，是可以生发出各种变化的。

有些故事的点子是绝无可能通过"单性生殖"展开的，而是需要加入另外一个点子，推动故事前进。《甜美的恶心》最初的版本，就是这种无法展开的故事萌芽："一个人想通过那种陈旧的骗保把戏捞一笔，给自己购买保险，然后伪装自己死去或消失，再来领取保险金。"我想，一定有什么办法能让这个点子产生新的变化，能拿它写一个又新鲜又好看的新故事。连续好几个星期，一到晚上，我就冥思苦想。我想让我的罪犯主角以另外一个名字在另一所不同的房子里安顿下来，等他的真实自我被人们认为死了，再也无法找到，他就可以永久地搬进去了。但这个点子还是走不通。有一天，第二种想法出现了——这一回我想到的动机，比此前想到的任何一个都更好，是一个关于爱情的动机。这个故事的结尾是：这个男人爱着一个女孩，但从未赢得她的心，他正是为了她营造第二个家。保险也好，金钱也罢，他都不感兴趣，因为他本来就很富有。他是一个沉迷于自己的感情的人。我在笔记本里所有无果的笔记下都写上了这么一句话："以上都是废话"，然后继续沿着新的思路往下写。一切都豁然开朗了。这种感觉真是妙极了。

作者的想象力

另一个需要两个故事萌芽才能鲜活起来的故事是《水

龟》，这个短篇小说拿了美国推理作家协会奖，之后还和其他短篇结集出版了。灵感的初次萌芽来自一位朋友给我讲的故事，关于某个她认识的人。其实我并不指望这样的故事能催生出什么成果，因为这些都不是自己的。对任何一个作家来说，某位朋友讲的那种令人激动的故事（还会附上一句要命的评语，"我知道，你可以拿它去写一个不得了的故事了"），一定是没有价值的。既然它是一个故事，那它就已经是一个故事了。它不再需要一位作家的想象力，一个作家的想象力和大脑会出于艺术的考量而拒绝这个故事，就像他的肢体会抗拒别人的肉体嫁接过来一样。有一则关于亨利·詹姆斯的著名轶事，有位朋友想给他讲个"故事"，只听了几个词，詹姆斯就制止了朋友。对他来说这已足够了，剩下的，他更愿意交给自己的想象来完成。

而这样的一个故事："一个身为商业艺术家的寡妇不断地恐吓和纠缠十岁的儿子，让他穿对他而言过度幼稚的衣服，强迫他称赞、叹赏母亲的作品，基本上将孩子变成了一个饱受折磨、神经兮兮的人"，在我的脑中停留了一年左右，不过一直没有找到感觉把它写出来。这是个有趣的故事，我的母亲也是一位商业艺术家（虽然与这位母亲不同）。有一天晚上，我在别人家里翻阅一本烹饪书，看到了一则恐怖的食谱，就是教你怎么炖水龟。虽说海龟汤的菜谱也没好到哪儿去，至少做菜时，你会等海龟自己把脖子伸出来，再拿着一把利刀下手。觉得惊悚小说无聊的读者，不妨去读一下烹饪书籍中关于那些带毛、有壳的朋友的内容；仅仅是把这些菜谱读下去，一个家庭主妇就得有一副铁石心肠，更不要说照着去做了。宰杀水龟的办法就是活煮。"杀"这个字眼没用上，而且也用不着——有什么东西能在煮沸了的水里活下来呢？

读到这里，我的脑海里又浮现出那个受到恫吓的小男孩的故事。我把故事转移到了一只陆龟身上：母亲将一只陆龟带回家，打算炖汤，而男孩一开始还以为这是送给他的宠物。男孩把这件事告诉了他的一个同学，想借机抬高自己，还答应回头拿给同学看。然后，这个男孩亲眼看见陆龟被活煮了，他对母亲长期以来的积怨一下子暴发了。半夜时分，他用母亲宰杀陆龟的菜刀杀了她。

几个月来，也许已经有一年多了，我一直想写地毯藏尸这种手段，也许是有人在光天化日之下把这块地毯卷了起来，从房子前门带了出去——表面上丢给了清洁工，实际上尸体就藏在里面。如果已经有人这样写过，那我也不会怎么怀疑的。有人告诉我，也不知对不对，"暗杀公司"① 就用过这样的手段，把尸体从一处运到另一处。不过，这个点子还是让我很感兴趣，我一直在想，怎么能让"毯中藏尸"这个主题变得与众不同，更加新鲜、有趣。一个显而易见的方法是，毯子里根本就没藏尸体。简而言之，在这种情况下，搬运地

---

① "暗杀公司"（Murder, Inc.），于 1929 年到 1941 年间活跃的有组织犯罪集团，主要效力于美国的意大利黑手党和犹太黑帮，和纽约的一些犯罪集团也有密切联系，成员主要来自曼哈顿的底层或劳工阶层。

毯的人必须有谋杀嫌疑，必须有人看见他搬动毯子（也许样子还鬼鬼祟祟的），必须举止有点滑稽。这样一来，故事的萌芽才会开始拥有生命力。我把它和我的另一个还挺单薄的点子结合起来，那个点子构想的故事主角是个作家，他发现自己的真实生活和想象出来的情节之间，仅仅隔着一道似有若无的线，有时，他还会把这两者混淆起来。我想，这种作家主角不仅可以像漫画那样非常有趣——我指的是喜剧的层面，而且可以帮助我们发现无处不在、相当无害的日常生活中的精神分裂——是的，甚至在你和我身上都有。最终，这本书在美国以《讲故事的人》为名出版，在英国出版时的书名则是《悬崖勒马》。

识别点子

那么，一个故事点子的萌芽可以微小，也可以宏大，可以简单，也可以复杂，可以零散，也可以完整，可以静止不变，也可以变个不停。重要的是当它们出现的时候，你要能够迅速识别出来。我是怎么识别出来的呢？就看它们出现之时，能否给我带来阅读一首好诗或者诗中某一佳句类似的兴奋。有些看似能够构成情节的点子其实并不是；它们既不会长大，也不会在你的心中停留。但是，这个世界到处都是能够带来启发的点子。点子其实是不可能真的枯竭的，因为点子在各个地方都可以找到。但有几件事会导致"毫无点子"

的感觉。一是身体和精神上的疲劳；受到压力之后，有些人轻易是缓不过来的，就算他们知道或者有条件缓过来的话。当然，最好的方法是停止工作，也不再去想工作，然后出门去旅行——即使是一次短途、廉价的旅行也好，只要能够改变生活场景。如果你不能去旅行，就出去走走。一些年轻的作家把自己逼得太紧了，当你年轻时这样做也许很有用——在某种程度上。一旦到达这个节点，潜意识就会开始背叛你，任何词句都挤不出来，任何点子都想不明白——无论你是否能够休假，你的大脑都在向你要求休假了。对一个作家来说，最为明智的选择是，在自己写出足够的书、给自己带来持续的收入之前，还是要有一些能赚点钱的副业。

　　缺乏点子的另一个原因，是作家身边围绕着错误的人，有时任何人都可能导致这个问题。当然，人确实可以激发灵感，偶然的一句话，某个故事的片段，都足以启动作家的想象力。但大多数情况下，社会交往与创作并不是一回事，前者并不是能让创意翱翔的地方。你是很难察觉也不容易接受自己的潜意识的，无论你和一群人相处，甚或和一个人相处，尽管后者会更容易一点。很奇怪的一点是有些时候，我们为之吸引或深爱的那些人，会像橡胶绝缘子一样，有效地把我们与灵感的火花隔绝开来。为了描述创作的过程，我前面在讲生物学，现在又跳到电学，希望各位原谅。这个过程是很难描述的。我也不想把有些人对作家产生的影响说得神秘兮兮的，可是，确实有一些人，往往是看上去最不可能的人——愚钝、懒惰、方方面面都很平庸——由于某个莫名其妙的原因，能够刺激想象力。我认识很多这样的人。如果条件允许，我会与他们时不时地见一面，然后聊聊天。人们可能会问："你到底在 X 或 Y 身上看到了什么？"这种问题并不会让我心烦。

隐形的天线

我从来没有受过其他作家的激励。我听其他作家说过同样的话，我认为，这不是因为嫉妒或不信任。据我了解，法国作家通常不会有这种感觉，他们喜欢聚在一起讨论自己的作品。我想不出还有什么比与另一位作家讨论我的作品更糟糕、更危险的事情。它会给我一种不舒服的感觉，让我感到自己暴露了。认为一个作家应该把作品留给自己是一种颇具英美作家风格的态度，很明显我也是受困于此的。我想，作家之间会有那种不太舒服的感觉，是因为如果他们写小说的话，某种程度上是处于同一条船上。因为空气中同样的颤动，他们才会伸出隐形的天线——或者，换一个更贪婪的比喻，他们在同样的海底游动，为了同一类漂动的浮游生物，而把牙齿伸了出来。我与画家相处起来更愉快一些，而绘画是与写作联系最为密切的艺术。画家习惯于用眼睛来观察，作家若是如此，那是很好的。

一个点子的萌芽，即使是微小的，往往也会带来对最终成果而言最重要的一个因素：氛围。例如，在《弥天大错》一篇的萌芽（两起犯罪的相似性）中，已经笼罩着一种氛围，就是那种阴郁的、失败主义的氛围。无论我把故事的社会背景设定为富裕还是贫穷，无论主角年轻还是年老，这个点子本身就是忧郁、绝望的，让人感到无计可施，因为，一个人如果能想到的最好的办法就是模仿别人去犯罪，基本上就是无计可施了。这也是一个主角注定要失败、沦为悲剧的情节设计。

　　我的那本书《一月的两张脸》①，起初的想法是特别模糊的。尽管如此，最终它还是写成了一本相当好看的书，并登上了英国畅销书排行榜。一开始，我写这本书的冲动很强，可是想不清楚怎么去写。我想写一个年轻的、无拘无束的美国人（我叫他吕达尔）如何寻找刺激和冒险，他不是垮掉的一代，也不是罪犯，而是一个相当文雅、聪明的年轻人。我想写的是，这个年轻人遇到一个酷似他专横的父亲的陌生人之后所受到的影响。我刚刚在冬天去过希腊和克里特岛旅行，对所见所闻自然留下了强烈印象。我想起在雅典时曾住过的一家发霉的老酒店，服务不是很好，地毯很破旧，在走廊里每天都能听到十几种不同的语言。我想在书中写到这家酒店。我还想把曾经参观过的如同迷宫一般的克诺索斯宫挪到书里。在这次旅行中，我被一个中年男子骗去了一小笔钱，他毕业于美国最有名的大学之一。他那张富于贵族气质但又软弱无

①　原书名为 *The Two Faces of January*，从词源上说，一月（January）即罗马神话中的雅努斯神，具有两面。

力的脸，正是我笔下那个骗子切斯特·麦克法兰的脸，他与吕达尔那位十分可敬的教授父亲长得很像。

切斯特娶了一个非常漂亮的女孩，与那个年轻的美国人同龄。有了这么几种元素，我就兴致勃勃地一头扎进了这个冒险故事。吕达尔和这个女孩互相吸引，但完全没有风流韵事。切斯特打算杀死吕达尔的当口，失手杀死了那个女孩。于是，切斯特和吕达尔被两种甚至三种力量绑在了一起：一、吕达尔知道切斯特杀了自己的妻子；二、吕达尔知道切斯特在雅典杀了一个警察；三、吕达尔对切斯特有一种爱恨交织的感觉，因为切斯特很像他的父亲，而且吕达尔也无法简单地把切斯特交给警察，这种做法太不光明磊落了。当然，发生在书中的事情还没有这么简单，因为切斯特设法逃离了，并躲避了吕达尔一段时间。切斯特同时是在躲避吕达尔和法律。我们既见证了切斯特人格的崩坏，也见证了吕达尔如何与他对父亲的情感和解——他曾遭到父亲的粗暴对待。

我强烈建议作家多用笔记本，如果必须整天在外工作，就用一个小的笔记本，如果幸运地能够居家工作，就用一个大的。即使只有三四个单词，如果它们能唤起一点想法、一个创意或一种情绪，也往往值得记载。文思枯竭之时，你可以翻阅一下笔记本，一些点子可能就开始跃动了。两个不同的点子可能会组合在一起，或许是因为，从一开始它们就应该是要结合起来的。

关于利用经验

到现在为止，我一直写下的，可能都只是一些零碎的信息和建议，这些信息和建议并没有表明一本书的写作到底是什么情形。也许这是不可能做到的。大家有不同的写作方式，对故事和角色有不同的思考。最重要的是，正是因为不可能制定规则，我写关于写作的文章才会遇到障碍。我不希望制定规则，因此，我所能做的就是为如何写一本书提出一些方法上的建议，其中一些可能对某些人有帮助，而另一些可能对任何人都没有帮助。

剧作家爱德华·阿尔比说，他会为角色设想一个和他构思中的剧作完全不同的场景，如果这些角色在那个场景中能行动自如，他才会动笔。而另一位成功的剧作家则对亚里士多德关于一个故事需要起始、中段和结尾的说法感到愤怒。阿尔比的观点在我看来意思不大，当然，其他人可能感兴趣。我知道第二位剧作家的意思，一出戏应该尽可能地从故事的结尾开始：这是一条古老的戏剧规律。在写书时，我也会有意识地向这方面靠拢，因为我研究过戏剧创作，也因为我喜欢节奏缓慢的开头。

动力与信念

动手写一本书，并将其成功完成，意味着你得有动力和信念，而且要一直持续到将书写完为止。我也听说，有些作家会先写一个戏剧性的场景，这个场景直到书的四分之三处才会出现。我又能有什么理由说他们做错了呢？

写一本书不像写诗那样，能够一气呵成，书的篇幅更长，需要花费时间、精力，也需要技巧，正因如此，你的第一部作品乃至第二部作品，可能都无人问津。如果发生这种情况，一个作家不必感到自己很糟糕或者完蛋了，当然，冲劲十足的作家是不会这样的。每一次失败都会带来教训。你应该像每一个有经验的作家一样，有这样的感觉：只要来了一个点子，就会来更多点子，只要拥有一次力量，就会不断地拥有力量，只要你还继续活着，你就不会疲倦。最起码的，你需要一种心态上的乐观转变，如果你天生没有这种心态，就必须人为地加以创造。有时你必须说服自己相信这些。就心理学上而言，稿件遭到拒绝之后，恰当、合适地悲伤一段时间，这是好的，但持续几天也就可以了——我说的"遭到拒绝"，指的是真正的那种，就是稿件被拒绝二十次左右，而不是只有两三次。你也别急着把稿件扔掉，因为可能要过上一两年，你才会确切地知道，应该怎样才能给它找到买家。

要想拥有写完一本书必需的、源源不断的动力，应该耐心等待，一直到你感觉故事自己涌现出来。在故事展开、情节设计的阶段，这种感觉才会慢慢出现，不能操之过急，因为这是一种情绪酝酿，一种情感渐渐丰满的感觉，就好比有一天，你想对自己说："这个故事真的太棒了，我等不及要把它讲出来了！"这时，你就可以开始写了。

记录情感体验

关于情节设计和噱头我已经说了不少，但是对情感讲得还不够，即便在悬疑小说写作中，情感也发挥着重要作用。好的短篇小说完全来自作家的情感，其主题往往也完全能够以诗歌来表达。即使一本悬疑小说完全是精心谋划的智力的产物，也会有一些场景及对事件的描述，如：目睹一条狗被撞死，在黑暗的街道上感觉被人跟踪——这些作者都可能曾经亲身体验。如果一本书中包含着这样的第一手经验和真实感受，总是会变得更好的。记笔记的一大作用就是保存这些事件与情感体验，即使在记下它们时，你还没想好要用在哪部虚构作品之中。

在写作流派上，我这样的可能被描述为"个人派"，与"噱头派"针锋相对。我认为靠噱头写出来的东西是粗劣的，不能指望聪明的读者会被它们逗乐。许多不写作也从未想要写作的人也可以琢磨出噱头来。这本质上不过是小把戏罢了，与文学无关，甚至都说不上是好文章，效果最多不过相当于段子。有些噱头是出人意料的结尾；有些则是普通外行人不了解的医学或化学知识，它们要么让主角栽了跟头，要么使主角行了好运。还有一类噱头就是向读者隐瞒信息，直到故事结束或书的末尾才披露，这相当随意，也不公平。只有写得不好的人才会把这些噱头用文字包裹起来，当作短篇小说出售。各种杂志每个月都会刊发不少二三流的悬疑故事，悬疑、推理小说想要得到尊重，这些可起不到什么帮助作用。

《埃勒里·奎因神秘杂志》一直努力实践"一切好故事皆有悬念"的理论，正在刊发越来越多的优质小说，就是那些好看的、带有悬念的推理故事。

最近我很惊讶地得知，《埃勒里·奎因神秘杂志》买下了我的一篇叫《另一座要过的桥》的故事。这个故事是某个周末我在罗马写的，那一周的其他时间我都在写《玻璃牢房》，正好调剂一下，免得单调乏味。这个故事基于两件事：一、我在波西塔诺听到有人在留声机上放了一首吉他演奏的慢歌，这首歌的旋律悠长，我以前从未听过，后来也再没听过；二、罗马的一位社会学家朋友说，许多意大利穷人之所以自杀，是因为如果他们死了，政府会给他们的妻子儿女一点补偿。这两件事让我印象极深，也大受触动。而那首歌也留在我的脑海中，让我时不时地想起意大利南部，还有地中海旁的那些海滩。不管怎样，我在罗马公寓住的这段时间，唯有早上五点到七点，周遭才会安静下来，由于睡眠不足，我几近发疯，然后，我开始写一个只为取悦自己的故事，不在意能否出售。

　　这个故事的主角是一个名叫梅里克的美国中年人，他在妻子去世后独自游览欧洲，想从悲伤中走出来。故事的开头，他正坐在一辆有人驾驶的汽车上，行驶在里维埃拉的西海岸。梅里克的车开过一座横跨公路的桥的时候，一个一直静静站在桥上的人跳下去自杀了。后来，梅里克在波西塔诺的一家酒店落脚，从报纸上读到了这起事件，于是匿名给自杀者的遗孀寄去了一大笔钱，因为死者就是以自杀为忍饥挨饿的家庭换取微薄收入的穷人之一。

　　与此同时，梅里克在街头认识了一个小男孩，邀请他到酒店吃饭，当晚，这个男孩抢走了一个富有的美国女人的钱包。而梅里克寄出去的汇票还没开封就被退了回来——那个意大利寡妇太过悲伤，带着孩子一起自杀了。梅里克怀着善意，安静而绝望地两次与人建立联系的尝试，就这样被扔了回来，甩在他脸上。这使得他的内心陷入更深的孤独与忧郁，笼罩上了一层迷雾，他无法将关于过去的快乐回忆与现实生活相联系。他在酒店的花园里坐了好几个小时。一把吉他在某处弹着那首旋律悠长的歌，让梅里克想起他和妻子在阿马尔菲度蜜月时听到的一首歌。酒店经理发现梅里克头脑不太正常之后，为他叫来了一名医生。梅里克振作了起来，从城里出发，继续他计划中的下一段北上旅程。

　　他是一个身处迷雾的人，而这层迷雾正在变得越来越浓。这个故事是一出悲剧，很难被称为"悬疑"故事，除了起初桥上的自杀，其中没有暴力行为。这是一个我带着情绪写出的故事，我就是想把它写出来。我把故事寄给我的经纪人，说："我想不出它可以卖到哪里，或许你能想出来。"《埃勒里·奎因神秘杂志》刊发了这个故事①。

一个故事的开头

写《深水》的那段时间，我住在曼哈顿东 56 街某个不供应热水的公寓的一楼，后窗的消防通道架着一道梯子，离地大概十英尺。搬进去后不久，有一天我走进公寓，看到五六个年龄大约在十五岁以下的男孩，正在弯腰翻看我还没来得及收拾的书和画箱。他们从我身边迅速冲了过去，穿过大厅，逃到门外。我只不过把窗户稍微开了一道口子，他们就沿着消防梯爬进来了。我用松节油擦掉了他们留在某个箱子上的涂鸦。这是一次令人不安的经历。还有一天，我正在办公桌前工作，听到有人在喊叫，还有鞋子踩在铁板上发出的巨大响声，男孩们在离我坐的地方只有两码远的防火梯上大吵大闹。我心不在焉地躲开了，几秒钟后，我像一只吓坏了的老鼠似的，站在房间一个远远的角落里，仍然皱着眉头，聚精会神地想要写完房间对面那台打字机上的后半句话，我自己都把自己给逗笑了。

我无法理解那些喜欢制造噪声的人；正因如此，我害怕

---

① 重印于《埃勒里·奎因二十周年年鉴》。

他们；由于我害怕他们，所以我讨厌他们。这是一个恶性的情绪循环。当时我的心跳得非常快，我一直等待着，直到那些男孩决定离开，因为我太胆小了，不敢和他们说话。我可以肯定地说，这是一次"情感体验"。

几个月后，受到此事的启发，我写了一个题为《野蛮人》的短篇故事。每个周末的下午，一个需要加班的年轻建筑师都会被窗外空地上踢足球的人制造的噪声所折磨。他请求这些人声音小一点，他们却反过来嘲弄、侮辱他。建筑师实在受不了了，把一块八磅重的石头扔到了某个在空地上踢球的人的头上。建筑师飞快地逃开了，受伤的人起先被抬走，第二天又回来接着踢球，头上已经包扎好了。而警察一直没来。之后，建筑师一直受到骚扰：下班回家时，发现窗户被打破；门锁里塞着嚼过的口香糖；晚上遇到几个踢球的人，挨了几下揍。建筑师不敢找警察帮忙，因为他自己做过的事比他受到的骚扰更恶劣。故事结尾时，这个问题并未解决。最开始，这个故事哪里都卖不出去。

我用脑海中的一个电影情节扩展了这个故事，把它设定在意大利，让那个受伤的踢球的人死于头骨破裂。官方通报说，这是一出意外；那个踢球的人据说撞到了墙上。那群体育爱好者不想惊动警察，只想把建筑师当作特别猎物。建筑师知道受伤的人死了，他不敢让警察介入此事。有个邻居看见了石头是他扔的，含蓄却又有效地敲了他一笔钱。除了乖乖给钱，建筑师别无他法。等到建筑师结婚后，他的年轻妻子也受到骚扰。她发现家里一直缺钱，建筑师不得不讲了这个可怕的故事。她劝他别再把钱给敲诈的人了，说这人绝不会去报警。随后建筑师也确实不再交钱，于是，敲诈的人径直去了警察局。这一幕被一直窥伺着的几个踢球的人看到，立刻察觉势头不对：在警察出现之前，这是他们最后的机会了，于是，他们将建筑师围了起来，将他赶进一条小巷，然后干掉了他。

这个故事引起了一位意大利电影导演的兴趣，差点买了下来。《野蛮人》在法国第一次获得了出版的机会，被收进包含几位作者的短篇小说选集中。后来，又被收入我的短篇小说集《看蜗牛的人》。我讲这件事是为了说明那些细微的个人情感体验可以派什么用场。在一首隐约听到的歌、一间遭到入侵的公寓这类事件之中驰骋想象，看看其中可以生发出怎样的变化，是一件有趣的事。

其他的体验则比较平静。我的祖母几年前去世了。我非常喜欢她，在我六岁之前，她承担了大部分抚养我的义务，因为我母亲忙于工作。我和我的祖母之间几乎没有任何相似之处，当然，我们之间有部分血缘关系，我们的手长得也有点像。不久前，我偶然瞥了一眼一只几乎穿破了的鞋子，它的形状已经和我的脚一样了，我从中看到了我祖母双脚的形状，或者说她的双脚的体现，因为我还记得祖母居家时穿的拖鞋和她出门时常穿的黑色低跟便鞋。我想起了十七岁的时候，我在高中毕业的间隔年去得克萨斯州看望祖母，当时我们一起去看了电影《仲夏夜之梦》。

　　我祖母晚年患有白内障（我三十四岁时她才去世），而这从未妨碍她享受生活，也不影响她对书籍、戏剧、电影、刺绣、缝纫、园艺，以及收获园中果实这些产生浓厚兴趣。我记得，那个我们乘着出租车穿过市镇、去某个偏远的巨大电影院看《仲夏夜之梦》的晚上，我有多么激动，因为电影票价对住在沃斯堡市中心的人来说实在不够友好。我也记得祖母牢牢地抓着我的胳膊，和我一道走到座位旁，她一直在用脚摸索，尽管每到一步台阶，我都提醒她。我们很快地找到了座位，而我祖母早就在看银幕上的各种东西，无论那是新闻短片还是卡通片。那个晚上，我想："门德尔松写这首曲子的时候，年纪也不比我大，他真是个天才！"那个晚上，我的心中充满了美好的事物。二十年后，当我看到那只旧鞋时，我第一次真正地为祖母流下了眼泪，第一次意识到了她的死亡，她那漫长的生活，她现在的缺席；我也意识到，我自己的死亡即将到来。

积极与消极的情绪

　　正是出于这样的情绪，才有了好的短篇小说，但我从未写过这样一篇小说。如果我要写我的祖母，它要么就非常好，要么就完全不好。从积极、强烈的情绪中进行创作，要比从消极、讨厌的情绪中进行创作容易得多。虽然嫉妒充满力量，但我发现它一点用处都没有，它是最像癌症的，只是在啃噬你，却毫无益处。另一方面，倒也可以看看，莎士比亚在《奥赛罗》中是如何处理嫉妒的，或者说，看看在他之前的吉拉尔迪·钦奇奥①如何处理，不过，只有到了莎士比亚笔下，相关情节才变得丰满起来的，据说钦奇奥只是"淡淡地提及"笔下的角色。

绝大多数人都能有诸如此类大大小小的情感体验。作者会竭尽所能，抓住哪怕是最细微的体验，拿来为己所用。这些经历也往往被形容为这样那样的"情感冲击"，而且——上帝知道——并不总是令人愉快的。它们从摇篮一直持续到坟墓。有些人长出了一层外壳，来保护自己免受各种冲击。在有些人那里，这层外壳可能被称为"礼节"或训练，与之伴随的，往往是避开侮辱或冷酷施加某种侮辱的能力，以及当某种情感令其感到不适时，掩盖、摧毁和淡忘这种情感的能力。通过练习，这些人几乎可以对任何情绪免疫。

情感是要感受的，当然，并不一定要表现出来。事实上，从创作的角度看，表露情感的过程即意味着情感的部分流失。但是，那些掩饰情感的人往往会自动地进行道德评判，情感冲击一定程度上就会依照这些判断。而有创造力的人不会在看到某个事物的时候进行道德评判——至少不会在当场进行。如果他们愿意的话，在以后的创作中还有时间，但从根本上

① 吉拉尔迪·钦奇奥（Giraldi Cinzio，1504—1573），意大利小说家、诗人，他的短篇小说《一个摩尔上尉》就是《奥赛罗》的故事原型。

来说，艺术与伦理、风俗或道德训诫没有关系。

　　另一种保护是后天习得的忽视或冷漠，例如，在农场或贫困地区工作的一些人可能会发现，在那里，死亡不过是日常生活的一部分。显然，如果一个人不得不在六个月内亲手杀死一只动物，那么不去想它，也不要对它产生感情，日子会好过一些，如果一个人每天的时时刻刻都会面对饥饿、寒冷和死亡，那么，努力不去想它们带来的痛苦，日子也会好过一些。

感受力和意识

　　大多数人的自我保护能力远没有达到这两个极端。出生在这两种类型的家庭中的艺术家可能会突破这些模式。罗伯特·彭斯一直是农民，但他对用犁铧捣毁了老鼠的洞穴感到非常不安，以至于为此大受触动，写了一首诗。作家和画家天生就没有什么保护壳，他们一生也都在努力去除他们已经拥有的那些外壳，因为各种冲击和印象是他们需要的创作素材。这种吸收能力，这种对生活的敏感，是艺术家的奋斗目标，也优先于他的其他任何活动和态度；这就是为什么社会学会把拥有创造力的人归为"无阶级"。因为在这个根本性的问题上，他们的态度是相似的，且能够相互理解，正因如此，他们无论出身背景如何，通常都很容易融合在一起。

短篇悬疑小说

从埃德加·爱伦·坡的时代开始，短篇悬疑小说和神秘侦探故事就有了狂热的读者。最近，这类故事甚至出现在了某本纯文学季刊上，这说明，如果一个故事写得足够好看，任何人都可以享受它——从知识分子到悬疑小说爱好者。对想象力丰富的作家来说，悬疑短篇小说写作是拓宽写作领域、增加收入的绝佳途径。

与小说比较……

先从基本问题开始：一个短篇悬疑小说和一部（长篇）悬疑小说之间有什么区别？悬疑小说通常——虽然并不总是如此——涵盖了较长的时间跨度：点子萌芽的性质决定了这一点。在悬疑小说中，男女主人公身上常常会发生急剧的变化，也许还会包括其他几个角色：他们的性格会有一个发展、变化、改进和崩溃的过程。场景的变化可能更多。故事线也更长：最终那一个或多个情节高潮，不能仅仅靠着前面某个场景或单个场景本身作为跳板来达到。有充分的时间来转换情绪、改变节奏。有充分的空间来容纳不止一种视角。并不是每一部悬疑小说都包含所有这些可能性，事实上，只有当它们符合、能推动情节发展和作者想表达的内容时，才适合被呈现。它们并不是基本的组成元素，只是某些特征。

　　悬疑短篇小说的萌芽很可能始于最微不足道的事实、事件或可能性——例如，鸡尾酒杯上的关键指纹被阳台上的雨水冲掉。一个悬疑短篇小说可能只有一个场景，发生在五分钟或更短的时间内。它可能基于一种情绪场景或事件——例如，（某个人）对某种神秘动物的猎杀，这种动物正在威吓附近的居民，而只有一个人，即主角，有足够的勇气去追捕它。短篇悬疑小说（就像许多短篇侦探小说一样）可能基于一个噱头、一种巧妙的逃脱手段（从任何地方），或者一条只有医生、律师和宇航员才知道却让外行人感到惊讶、有趣的信息。作家在浏览技术类书籍时得知的那些不寻常的信息，往往可以成为某部畅销小说的核心，从而使读者获得几分钟的愉悦。显然，这与创作故事的诉诸情绪或灵感的方法恰好相反，因为那少许的信息、有趣的事实，都是通过眼睛来接收的，并不能立即与作家将要写到的人物联系起来。这些萌芽都只能说是具有潜力，除非角色把它们变得鲜活起来，否则它们只能一直沉睡。我对这种写作方式评价不算太高（我不知道谁会这么做），但是，当一个好玩的点子在我脑海中出现时，我时不时也会这么写。

　　就拿鸡尾酒杯上被雨水冲刷掉的指纹来举个例子。在一部大部头小说中，这可能是某段情节非常重要的部分，但是，当我产生这个想法的时候，我并没有在写小说。我只是觉得可能会拿它写一个短篇小说，讲述一个焦虑到啃指甲的凶手无法阻止这一点，因为他无法到达那个露台。我的故事题为《你不能依靠任何人》，发表在《埃勒里·奎因神秘杂志》上。一个满怀嫉妒、在圈内混不下去了的中年演员，把自己的情妇的死（是他干的）栽赃给了她的新男友——他把指纹留在了情妇家阳台的一个杯子上。足足三天，中年演员都疯狂地期待公寓的负责人、警察、某个朋友（随便谁都行）把公寓门打开、发现尸体。他激不起公寓负责人心中的任何警觉，至少后者没有警觉到去打开门锁。一场大雨来了，杯子上的指纹也消失了。演员被抓住了，因为他小心翼翼地给尸体戴上一枚他情妇惯常戴的宽大银手镯，他认为这样可以让尸体看起来更自然一点。他的指纹留在了手镯上。这个故事有意思的地方是那个演员与纽约人的一个习性的不懈斗争，纽约人是出了名的不愿闯入他人寓所，无论里面有多么悄静。"你可能躺在那儿死了好几天，也不会有人肯进来看看"，等等。

一个更好的、结尾处仍然有一个为主角设下的意外陷阱的故事，是文森特·斯塔雷特在《埃勒里·奎因神秘杂志》上发表的《躲藏的人》。一位医生杀死了他的妻子。在实施谋杀前两个月，他用另一个名字租了一间办公室，打算拿来做珍本书生意——所有这些都是为了隐藏自己，直到他能在巴黎和女朋友格洛丽亚会合。尽管一切都进行得相当顺利，医生还是非常紧张。他觉得同一栋大楼里的一间私人侦探办公室非常可疑。在他看来，这些人似乎在监视他。医生认识了一个在大楼里开了一家古董店的女孩，她的接待室里有一个很大的西班牙箱子。医生想到，万一警察真的闯入他的办公室，这个箱子会是一个藏身的好地方。斯塔雷特先生写了好几次医生与以前的病人在街上擦肩而过，险些被认出来，以此加强了故事的悬疑氛围。有一天，警察真的来找他了。医生仅仅来得及狂奔到古董店，趁着没人看见，跳进箱子里——箱子咔嚓一声给关上了。读者知道，警察只是为了某个慈善活动来卖票的。读者也知道，那个开古董店的女孩心里在想，如果抽得出时间，就挑一天把那个旧箱子打开，但是，没过多久她就不想了。这个故事如果由一个不称职的作家来写的话，可能会很糟糕。文森特·斯塔雷特却发挥得淋漓尽致，故事写得很好，令人信服，也很简短，就两千来词。

在同一期《埃勒里·奎因神秘杂志》中，一个写得相当好的噱头式的故事是康奈尔·伍尔里奇的《死后谋杀》。那个噱头是，往尸体注射针剂失败了，因为尸体的心血管系统已停止运作。伍尔里奇先生为此精心设计了一个颇具娱乐性和可信度的框架：一个被学校扫地出门的医科学生因为女朋友嫁给了别人而大发雷霆。他的爱人因为受凉染上了肺炎，然后死了。他非常想把责任推给她的年轻丈夫，所以他找到殡仪馆里的尸体，给尸体注射毒药。他设法在那个绝望的年轻丈夫所住的酒店房间里，放了一小瓶同样的毒药，然后通过匿名信散布消息，说这个女孩是被谋杀的。他满怀信心地期待着尸检结果会让这个丈夫背负责任，可是，那个丈夫自杀了，挫败了他的复仇欲望。而医学检查显示，毒药是在死后注射的。年轻的丈夫在小说里是个重要的角色，且很有吸引力，引入这个人物强化了整个故事。

在翻阅一本短篇侦探小说集时，我意外地发现，一年前我已经读过这些小说了，可是，留在我脑中的作品寥寥无几，这让我有点沮丧。我记得最清楚的是博登·迪尔的《乌有猫》，写一个猎人接受挑战，端着步枪追捕一只搞得人心惶惶的怪兽。猎人惊奇地找到了一头又老又壮的熊，满是打斗和灌木丛留下的伤痕，爪子没了，甚至都不能抓鱼来吃。他出于怜悯射杀了它。这个故事一路读来都很严肃、动人，但下面这个结尾为整个故事赋予了价值，使它令人难忘：

……我会回到山谷中，为了消除恐惧，我会告诉他们，我已经杀死了那只奇怪的动物。但我也会告诉他们，它的尸体已经沉到河里，而我没有办法辨认出来。因为我现在知道了，人类需要奇怪的动物，需要神话、传说和古老的故事，以便将人类自身的恐惧物化，这样一来，就可以用人类的勇气、人类的希望与它战斗了。

因为，在所有动物中，人是最奇怪的。

我引用的这段话可以视作作者的评论。它对情节而言是不必要的，但它体现出了思想。如果没有这则评论，整个故事就不会被赋予尊严和意义。这种思想是一个诗人可能才会有的，如果他要写一首关于这个故事的诗的话，不过，这种思想本身倒没有什么"诗意"，它更多的是一种智慧。对我来说，这一原因使得这个故事在其他十六个仅仅谈得上有趣的故事中脱颖而出。

这些年来，《埃勒里·奎因神秘杂志》一直是我的一个好买家。他们刊发的作品并不完全是侦探、悬疑一类的，但往往是一些简单而出色的故事。在这个许多高质量的杂志已经崩溃或摇摇欲坠的时期，《埃勒里·奎因神秘杂志》的持续存在是一大亮点。

"快"小说

就我所提及的短篇悬疑小说和悬疑小说的特点而言，悬疑中篇小说介于两者之间。中篇小说的范畴很广，以至于你可以称之为"快"小说，或者伸缩式小说。这里，我指的篇幅是八十页或两万字。有些杂志称一万二千词的小说为中篇小说，但这个类别从未按照词数来严格定义。当你瞄准期刊市场的时候，你应该确切地弄清，究竟需要多大篇幅。如果你掌握了诀窍，这个市场非常有利可图。一部八十页的悬疑小说，报酬往往会超过一部长篇悬疑小说的预付款。但在我看来，写一部中篇小说和写一部长篇小说一样，都要花很多心思。大量的散文式描写可能不会出现在短篇小说中，取而代之的是大量的人物、角色的变化，场景的变化，还有视角的变化。情节推进的节奏必须比小说更快，这意味着哪怕情节的分量一样，但叙述会更为简短。

我曾经受邀为《时尚》杂志写一个八十页的原创小说。我从未试过以这种方式创作，就像有人点菜似的。我试着坐了下来，对着铅笔和纸，绞尽脑汁地想能有哪些点子。我想出了两个点子：

1）一对夫妻在墨西哥度假。妻子想摆脱乏味的丈夫，于是当他站在悬崖边上准备给她拍照时，她要求他"再往后退一步"。最后，她不得不轻轻推了他一把，就在此时，相机"咔嚓"一声，和丈夫一起消失在了峡谷中，谷底之深，只有"当局"才能探到底部。这一不轨行为，被相机记录了下来。这个故事的大纲要复杂得多，并不像此处听上去的那么糟糕，但还是被拒了。

2）一对新婚夫妇（女方很有钱）在一间属于女孩家族的乡村小屋度蜜月。丈夫有一个女性朋友，是他的婚外相好，他计划杀了老婆，夺走财产，再娶那个女性朋友。妻子是个神经质的人，觉得厨房里的食物无端少了，而且她听到地窖里有声音。丈夫去地窖查看，发现一个逃犯躲在其中。他立即察觉，可以利用这个逃犯，他承诺不出卖逃犯，并说会给他带来食物。丈夫告诉妻子说，地窖里什么都没有，这些声音只是她想象出来的。这种情况持续了好几天。丈夫与逃犯这样密谋：逃犯假装抢劫小屋，而丈夫放任逃犯（通过假装被打晕这个办法）离开小屋，并乘坐丈夫的汽车逃脱。丈夫的真正目的在于杀死妻子，并嫁祸于这个有缺陷的逃犯。妻子在地窖里发现了那个男人，并得知了丈夫的计划。于是，她与逃犯一起密谋对付丈夫，扭转了局势。

《时尚》杂志对这个大纲的反应也很冷淡，这个梗概从未被我写成中篇小说，但版权被买走拍了电视剧，在美国播出。后来，英国广播电视公司看到了这个旧剧本，表示喜欢这个故事，把它买了下来，但我不得不完全重写，让整个故事更接近当代一点，也更精细一点。这件小事的道理是，永远不要抛弃一个有好的故事线的故事，即使它只是一个大纲。当我们知道丈夫和妻子单独待在一间小屋里，而且丈夫打算杀死妻子时，这就成了一个悬疑故事。但是，当我们惊讶地发现，地窖里还潜藏着一个罪犯，而丈夫却决心保护这个暴力分子的时候，这个故事就成型了，而且极大地增加了悬念。如果没有这一点，这就是另一个潜在暴力的故事了，就像成千上万的其他故事一样。

小说家——他们中的大多数——都有很多简略而不那么重要的想法，这些想法不可能或不应该被写进书里。它们可能会成为好的甚至令人叫绝的短篇小说。这些想法之中，有些是幻想性质的，涉及时间机器和超自然现象。一个作家也

许不能用两百四十页这样的幻想来娱乐自己或读者，但每个
人都可能为十页的幻想而激动。我知道有些小说家会放弃短
篇小说的点子，甚至不把它们记下来。我认为，比起严肃小
说家，悬疑小说家在这方面没有那么约束，而且在想象上可
以更灵活。

　　把所有这些细小的想法都写下来。当你看到匆匆在笔记
本上记下的话，有多么经常地能够引发出第二句，你会感到
惊讶的。在你记笔记的时候，一个情节就已经在发展之中了。
合上笔记，想上几天——然后，你就已经做好写一个短篇小
说的准备了。

展　开

当我提到展开，指的是从故事的萌芽到详细的情节设计之间必然存在的过程。这是一个很大的问题。对我来说，它可能需要六周到三年的时间，不是三年持续不断地写作，而是在我做其他工作的同时，慢慢地酝酿三年。

一个点子必须以角色、背景设定和氛围来充实。你必须了解这些角色的外貌、穿着和谈吐，甚至还应该了解他们的童年，尽管这并不总是需要写进书中。所有这些就是一个在你动笔写第一个字之前，与你要写的角色，和他们一起在同样的情境里生活一段时间的问题。背景设定和角色必须像一张照片一样清晰可见，没有雾点。除了这个棘手的问题，主题或动作线也必须仔细考虑，对它们做出巧妙安排，以发挥最大效果。当我写下这些的时候，想起了古老的炼金术士的晦涩配方，"只有在春天的月亮升到了高处的时候，只有在如同猫尾巴一样薄且黑的云，从右到左穿过月亮的脸的时候，才可以在锅里向右搅拌十次，向左搅拌五次"，等等。月亮的高处是什么？春天是什么月份？情节的改进是什么？

让情节变得更生动离奇 ①

　　情节的改进或把情节变得复杂，指的是为主角或他的对手制造一系列的障碍或困难。这些障碍以意外事件的形式出现是最有效的。如果作者能让情节变得复杂，让读者感到意外，那么就是一种从逻辑上对情节的改进。但是，你不能总是靠纯粹的逻辑就写出一本好书。有些精彩的情节非常简单：例如，直接的逃与追情节，或者仅仅由一个女人的故事构成的情节，她无论如何都下不了决心去谋杀丈夫，尽管她很想这样做——一个摇摆不定的故事。这种"摇摆不定"的框架本身很简单。实际上什么都没有发生，但在故事的过程中，你可能——只是可能——把各种障碍堆积起来：意外的客人造访，阻止了女凶手；家里有人来信，她读完了信，害怕如果真的采取行动，会受到永久的惩罚。这就同时为喜剧与悲剧的创作留下了空间，几乎每个情节都存在这样的空间。

　　关于酝酿一个故事的点子的过程中，如何专注于角色或情节的问题，我给不出任何建议，也不打算给。我自己至少会聚焦其中之一，或者兼顾两者。对我来说，大部分时候都是从写出一小段情节开始的，其中不包含任何角色，这个场面会是我的故事的中心或高潮，有时是故事的开头。很明显，有时一个充满怪癖的人物会通过这些怪癖，给情节带来最

---

① 原文为 Thickening the plot，指"让事情（情节）变得更曲折离奇"。

初的发展。在其他情况下，一种异常情况必然导致其他的异常——也就是情节的进展——这样一来，某个或某些角色对情节推进来说就没那么"重要"了，这也是很常见的。我看不出有什么理由认为，让情节或角色在情节推进中起到主导作用，就一定比与之相反的方法高级或低级。

　　偶尔，我也会借用一个"来自真实生活"的人物，意思是说，借用我见过的某个人的外貌。我从来没有同时用过我认识的人的外貌和性格，但经常把外貌拿过来，换上另外一种性格。这有两个原因：其一，我对同时使用某人的外貌和性格，或如实描写某个人的长相感到非常不自在；其二，对我认识的许多人来说，他们的长相很快就能被记住，但他们的性格却没有得到深刻了解。很自然地，你写一本书所需的角色的内在人格，在真实生活中并不经常就有现成的。

　　我想，大多数悬念作家开始写作时那个点子的萌芽，都是一段情节，而这段故事一般都有如下背景：纽约的商业世界、海上的一艘船、一个美国小镇、一个木材营地、政府的一个情报总部。背景将在很大程度上决定你将用什么样的角色。但是，用一个在这种环境中不太贴切的角色，一个在这种环境中不太可能找得到的人，可能会让你的故事增色。一个与周围环境不协调的人究竟能走多远，这是存在限制的，但是，一旦成功写了出来，它就会比那种典型的角色更有意思。

　　让我们来看看《讲故事的人》，是如何从两个模糊的故事萌芽中酝酿出来的：一个是藏在地毯中的尸体，一个是把情节与真实生活混淆起来的作家主角。我决定将这两者结合起来，这本书只花了五六个星期来酝酿，然后花了四个月就写完了——前后时间之短，创下了我的个人纪录。由于我一直住在（英格兰）萨福克郡，我想借用这个新的环境和氛围，于是把书的背景设置在当地。相比起写美国人，我在写英国人的时候会觉得不太舒服，因此我把主角写成一个娶了英国女孩、像我一样在乡村生活的年轻美国人。我想要以一种有趣的方式展示美国人的日常或平常的精神分裂是什么样子的，于是，把他写成一个正在做电视剧编剧的小说家——所以他满脑子想的是一部叫《鞭子》的电视连续剧，剧情他已经构思完成，正打算卖掉。

关键的问题

在酝酿的早期，作家必须问自己如下关键问题："主角是胜利者还是被征服者？""作品的氛围是喜剧、悲剧，还是两者混合？还是说，它只是如实地交代各类事件和残酷的命运，让读者随心所愿地解读？"和自然场景一样，你的文字也必须有一种气氛。我笔下的主角悉尼，就算不完全是胜利者，也肯定不是受害者或被征服者。叙述的语调是轻松的，悉尼既没有受罚，也没有被抓。事实上，我认为写他并没有犯罪，只是被人怀疑犯下了一两起罪行，会很有趣。这本书没有完全这样去写。悉尼最后确实犯下了一起奇特的谋杀案，站在他的角度看，他认为这是自己暂时"悬置了仁慈"。他强迫妻子的情人服用过量的安眠药，把他干掉了。但悉尼只是遭到了轻微的怀疑，无法被证实有罪。

　　简而言之，情节是这样的。悉尼的妻子艾丽西亚第二次去了布莱顿，在当地待了几天，"换换环境"。在她离开的第二天早上，悉尼就把早已存在的想法付诸行动。他假装自己前一天把艾丽西亚从楼梯上推了下去，黎明时分，他把一条卷好的地毯从后门搬了出来，放进车里，然后把地毯埋在树林里。他认为，自己在写小说的时候，也许能在某个时候诉诸这种想象出来的情感。他当然期望他的妻子在几天后回家，但她没有，因为她在布莱顿和一位伦敦律师开始了一段婚外情。读者对此心知肚明，但是悉尼不是。一位名叫莉莉班克斯夫人的好心老太太，住在离悉尼和艾丽西亚两百码远的地方，她看到了悉尼搬动地毯，就向警察报了案。警察找不到艾丽西亚，因为她在布莱顿的时候换了一个名字，还染了头发。悉尼遭到了监视。悉尼相信，他的妻子不管在哪儿都是绝对安全的，他一点儿都不在乎警察盘问自己，实际上还很享受，因为他一直在想象，如果自己真的犯下谋杀艾丽西亚的罪行，会是怎样的感受。面对警察的审讯，悉尼真的可以浑身颤抖、满头大汗——后来他还对这些情况做了笔记，以便写作时使用。最后他跑到了布莱顿，在当地找了一遍，发现妻子还活着，与一个男人在一间小屋里同居。他震惊了，然后猜测妻子也因此非常不安：因为她本质上还是一个传统的女人，她既不会向警察透露自己的事情，也无法面对父母或悉尼。他是对的，艾丽西亚在布莱顿附近跳崖自杀了。她的律师男友匆忙地逃回了伦敦的公寓，但悉尼在那儿找到了他，给他注射了致命的安眠药。

我列出了大纲，可以看到这个故事并不缺乏离奇的情节或者重点。有四点因素可以把情节变得更离奇。

1）邻居莉莉班克斯夫人从一家二手商店买了一副望远镜，因为她是个观鸟爱好者。悉尼发现她有双筒望远镜，精准地猜到了，那天早上自己把卷好的地毯从房子里搬出来，再开车带走的时候，能被老太太看到。希尼对望远镜的"反应"增加了莉莉班克斯夫人对他的怀疑。

2）莉莉班克斯夫人的心脏很脆弱。她是个好心的老太太，在犹豫了很久之后才告诉警察，她的邻居在妻子大概去了布莱顿的第二天早上，把一条地毯从家里搬了出来。警察在树林里挖了近二十四小时，因为悉尼虽然努力在配合警察，但他实在不记得把地毯埋在哪儿了。最后消息传来，警察找到了地毯，但里面什么都没有，悉尼去了莉莉班克斯夫人家，告诉她这个令人放心的消息。但莉莉班克斯夫人认为悉尼生气了，想要报复她，当她听到他走进房子的时候，心脏病当场发作，把命送掉了。因此，悉尼又受到新的一轮怀疑，怀疑他是不是威胁了莉莉班克斯夫人，或以某种方式表达了对她的敌意，报复她告诉警察地毯的事。

　　3）悉尼有一个非正式的写作搭档，叫亚历克斯，是个住在伦敦的已婚男人。当《鞭子》系列被卖给电视台时，亚历克斯非常想迫使悉尼放弃合同，自己独吞全部收益，而且他有希望做到这一点，因为悉尼正遭到警方怀疑。在警察面前，亚历克斯把他以前的朋友说得很不堪。此外，悉尼的出版商还暂停了与他签的图书合同，"除非你妻子失踪的问题得到澄清"。

　　4）有一天，悉尼在村里买报纸时丢失了他的小笔记本。店主把笔记本上交给了警察。悉尼在这本笔记中记录了他对成为杀人犯的所思所想，他对妻子的"谋杀"的描述就像他的日记。这样一来，我把各种压力堆积在了悉尼身上。

生动的感觉

　　当我开始写这本书的时候，我写到莉莉班克斯夫人犹豫要不要告诉警察她看见悉尼把地毯从房子里搬出来那里，就推进不下去了。这一切大概发生在我写到一百二十页左右的时候。我经常会到达某个节点，一旦到了这个点上，我就无法思考了，大纲也写不出来，然后，我迫不及待地想在纸上看到一些东西，于是我开始——我相信我的运气，或者故事的势头——继续推动自己前进。这听起来似乎非常模糊，但我所等待的是一种生命的感觉、一种动力、故事第一部分的那些角色和情节设定带有的某种活力，是我能清楚看见和感受的情节。这根本不是什么模糊的感觉。到底有没有这种充满生命力的感觉，你可以毫无疑问地确定，有就是有，没有就是没有。我开始写作时，并不指望它会来。而它肯定会在那儿的，它会生机勃勃地激发我开始写作。

毕竟，当一个作家开始写作时，情节不应该是他头脑中一个僵硬的东西。我把这个想法再往前推一步，我相信，一个故事情节甚至都不应该完成。我必须为自己是否开心着想，而且我喜欢给自己带来意外。如果我知道接下来将要发生的一切，那么写作就没有那么多乐趣了。但更重要的是，灵活的情节线会让角色像活人一样行动和决策，让他们有机会与自己辩论，先做出选择，再撤回，再做出其他选择，就像现实生活中的人一样。僵化的情节，即使是完美的，也可能导致角色都像工具人一样。

在我过了第一百二十页左右的坎儿，即莉莉班克斯夫人犹豫不决那个阶段的时候，故事轻松地一路到了第二百三十页，这里，我又遇到了一个让自己犹豫不决的坎儿：悉尼究竟是真的犯了谋杀罪，还是再次假装犯了谋杀罪？悉尼到底是个什么样的人？在整本书的进程中，无论是对我还是对他来说，他肯定都在不断发展。他在他那个小笔记本上得出的结论是，他无法充分地想象成为杀人犯是一种什么感觉。有一种罪恶感在阻碍着悉尼——就是那种羞耻的感觉，觉得自己已经和人类种群隔绝了。简而言之，悉尼不是一个杀人犯，他知道自己无法（作为一个有想象力的作家）想象一个杀人犯的心理状态。尽管如此，他的努力想象使他更加接近真实了，也更加接近行动了。通过使用安眠药，悉尼确实对一个自己厌恶的人实施了奇特而缓慢的谋杀，他认为妻子的死是这个人一手造成的。这既是一起犯罪，也可以视为悉尼在脑海中将剧本情节和现实更加混为一谈的开始。

让情节复杂的因素也可称为情节的支撑点。你应该创造最符合逻辑（因为是创造出来的，所以本身就容易有点不符合逻辑，这反而是一种优势）、能使故事更可信又有力的东西。有时你可以编造出二三十个支撑点，但是，这样一来，你只会让读者哈哈大笑，而不会让他们信服。

讨人喜欢的罪犯

有许多类型的悬疑作品——例如间谍窃取政府情报的故事——并不仰仗于我书中所写的那些心理变态或神经质的主角。对希望写出与我的书类似的作品的作家来说，还有一个额外的问题，那就是如何让主角变得讨人喜欢，甚或仅仅只是还过得去。这经常难得要命。尽管我认为我的所有罪犯主角都相当讨人喜欢，或者，至少不令人讨厌，但我也必须承认，从读者的评价来看，有不少人并不这样认为。"我觉得雷普利（《天才雷普利》）很有趣，我想是这样，但我真的讨厌他。唉！""我讨厌（《弥天大错》里的）沃尔特。他太软弱了，而且充满了自怜。"然而,《讲故事的人》的读者似乎很喜欢悉尼,但他并不是心理变态,也很难说是一个杀人犯。我只能建议,尽可能多赋予杀人犯主角一些令人愉快的品质——例如,宽宏大量,对某些人很仁慈,喜欢绘画、音乐或烹饪。这些品质也可以与他的犯罪或杀人特质形成对比,让人觉得有意思。

我认为,也可以使一个心理变态的主角完全地病态和令人反感,而且可以让他因其彻底的邪恶和堕落依然为人着迷。在《列车上的陌生人》中,我几乎让布鲁诺做到了这一点,因为即使是布鲁诺的慷慨,我也写得既不够自洽,也不太准确,此外,再也没有对他有利的描写了。但在那个故事中,布鲁诺的邪恶被盖伊的"善良"所抵消,这大大降低了我写出一个令人喜爱的主角的难度,因为盖伊成了那个令读者喜爱的主角。这取决于作家的技巧,他能否很好地拿捏他笔下的精神病人主角表现出来的邪恶。如果能,那么这本书就很有吸引力,在这种情况下,没有理由让读者必须"喜欢"这个主角。如果一定想要读者的认同(这个词我相当讨厌),那就给读者提供一两个他可以认同的次要角色(最好是没被心理变态主角杀掉的角色)。

寻找与展开

一个故事点子的展开,与发现它或从一开始接收它一样,都需要创造力。一个作家可以运用他的思考能力来展开故事的萌芽，但是，这种情况下，大脑在这个过程当中体现出的功能，更多的是排除一些事物（因为不符合逻辑），而不是容纳或创造一些事物。对某个噱头、某个点子的萌芽，或一个简短的动作场面，作家可能会想出五六种状况，要么能导出上述因素，要么顺接上述因素（展开故事点子就像织布一样，是一个来来回回的过程），他可能会排除其中三种状况，因为它们不符合逻辑，或者根本就没有其他三个好。然后，他可能会沮丧地觉得，剩下的三种情况完全缺乏生命力，也无法给人灵感——于是停滞不前。他扔下铅笔，离开书桌，觉得自己一整天什么都没写出来，也许这个点子已经死了。后来，当他完全不去想这个故事的时候，这些一动不动的点子中的某一个有了活力，开始动了起来，然后自己往前走——突然间，他有了一整段好的叙述。阿基米德喊出"尤里卡"①的时候，他正好泡在浴缸里，而不是俯身在书桌前研究问题，或是干其他什么事情。但是，除非你事先反复琢磨过这个问题，否则这样的荣耀时刻是不会到来的。

虽然这个工作确实很艰苦，因为似乎无利可图，但这是在为想象力去完成余下的工作打好基础。我的所有笔记本上都有记得满满的页码，也许我写的每本书都记了二十页或更多，上面就是一些漫无边际、天马行空的想法，是关于萌芽、

———————————

① Eureka，古希腊语，意思是"好啊！有办法啦！"。

主要情节和场面的，这些是故事展开的过程中唯一保持不变的东西。这些离题万里的想法常常与最后的成书毫无相似之处。但是，它们对之后想出更好的点子是必要的；这些点子我一般倒是懒得记下来，因为它们显然是正确的，也不会忘记。

爱尔兰天才小说家艾德娜·奥布莱恩在一次访谈中说："作家们总是在工作。他们从未停止过。"这就是写作这份工作的性质，至少是写小说的性质。作家们要么在展开某个点子，要么在寻找，即使是无意识地寻找某个点子的萌芽。

我创造东西是出于对现实的厌倦，以及对我身边的日常惯例和事物千篇一律的厌倦。因此，我并不讨厌这种时不时会侵袭我的无聊感，我甚至会试着通过例行公事来创造它。我并没有"必须去工作"，也就是那种必须驱使自己去工作，或让自己思考要去做些什么的念头，因为工作会来找我。我从制作一张桌子、画一幅好画（偶尔会是油画）中得到的快乐，与我写一本书或一个短篇小说是一样的。我几乎没有意识到这种无聊是件快乐的事，直到我突然想到一个短篇小说或书的点子。然后，我理解了，当我开始为了这个点子去写作时，我将会发现我要进入的那个世界要有趣得多。当我开始思考怎么展开这个点子的时候，我已经进入这个世界了。也许大多数作家都有这种感觉。

一个点子的展开往往是完全不符合逻辑的，其中存在着一种游戏的元素，尽管它可能涉及一些艰深的思考，我还是不能把这个过程称为严肃的活动。它仍然是一个游戏的一部分。写小说是一种游戏，一个人必须一直感到有趣才能把它做下去。对我来说，唯一无趣的时候，也许就是我不得不面对各种困难，或者要赶一个很紧急的截稿期。写书很少会有截稿线，但是为电视台创作、缩写自己的作品时，或是修改计划以连载形式发表的作品时，会存在截稿期限的问题。

分散注意力和专注

说到生活中的小困难，它们是无穷无尽的。试问，有哪个作家没有在牙疼、账单到期、房间里或隔壁房间里的婴儿生病、公婆来访、失恋的时候，以及政府没完没了地要求你填写各种表格的时候工作过？几乎每个早晨我打开邮箱，都会收到一些足以被称作精神骚扰的邮件。我从来没有因为诽谤被起诉过，也没有欠下任何债务，但是，仍然还有其他一些事情可以困扰一个作家——比如，政府坚持要求一个作家预估未来一年的收入，这是不可能做到的；搬到另一个地方、国家或是旅行导致财产损失或被侵占的消息（作家经常旅行，因为需要改换环境）；或者，寻找住处时遇到困难。有一次，当我把曼哈顿某套新公寓的一切问题都解决了——预付了租金，签下了租约，约好了搬家公司——我被告知，这套公寓我不能租，因为它是供给"专业人士"的，而作家不是"专业人士"，因为"他们没有会上门的客户"。我想过给住房部或制定这条法律的人写信,"你根本就不知道每天有多少人上门来找我,为了我的生存,我绝对需要他们"。但我从未写过这封信,只是在想,说不定妓女能有资格,而作家没有。

然后,更让人心烦的是,为了靠不稳定常常也不充裕的收入生存,你永远都有各种各样操不完的心,天生就不习惯节俭的人会觉得很痛苦,更不用说那些不习惯吝啬的人了——不安全感就如同作家每日呼吸的空气一样常见,因为他们的职业没有失业保险、带薪假期或退休金。许多个早晨,我打开邮箱后,会有那么几分钟沉浸在痛苦中,发出无声的呐喊,然后,用一个小时或更多的时间(如果有必要)来处理那一堆乱七八糟的事情。当我确信我已经通过邮件和电话把能做的做到最好之后,我就从桌前站起身来,努力假装我不再是我,我没有任何问题,刚刚过去的一个多小时并不真正存在,因为为了工作,我必须想象自己处于一个纯粹的、无忧无虑的状态。我觉得,这是衡量一个人有多专业的指标,就看一个人达到这种状态需要多久。这种能力确实会随着练习而提高。

但时不时地,我会在处理完各类繁琐事务之后,感到极为紧张、疲惫,因而需要小睡十五分钟。小睡不仅能让头脑清醒,还能带来新的能量。我明白,世界上大约有一半的人会在小睡之后感到头脑呆滞,但对那些能够小睡的人来说,小睡是节省时间,而不是浪费时间。我二十多岁的时候不得不在晚上写作,因为白天都要忙着工作或写一些别人让我写的东西。我养成了在六点左右小睡（或者在我愿意时就能小睡）并且洗澡、更衣的习惯。这使我产生了一种幻觉，我的一天等于两天，而在这种情况下，我也得以尽可能精神饱满地迎来夜晚。小睡一下，写作中的种种问题就能神奇地得到解答。我入睡时带着问题，醒来时就会得到答案。

情节设计

　　情节设计与展开听起来像是两个重叠的进程，在某种程度上也确实如此。如果没有某种形式的行动，就无法推进一部小说的发展，那是情节的一部分。但是，我这里要讨论的情节设计，与大纲及其衍生物有关，这是在某个点子已经展开、各种要素已经确定之后要做的工作。

　　举个例子，一本书的高潮应该设在哪里？我不确定是不是每本书都有一个能被称为高潮的特殊事件。有些情节会有一个明显的高潮、一次意外或一些惊心动魄的地方①。如果是这样，那么就应该决定，它是在书的中段、结尾，还是在书的四分之三处出现。有些书可能有两个或三个同等重要的高潮。有些高潮在全书的最后，因为在高潮之后，就再没有什么可以写的了，这本书就应该在此处轰轰烈烈地结束。

讲述要点

　　我认为，对一个初学写作的人来说，最好能够一章一章地把大纲写出来（尽管每一章的笔记可能都很简短），因为年

① 原文为法语，bouleversant。

轻的作家更容易漫无目的地写作。章节大纲的出发点应该是对自己提问："这一章将如何推动故事的发展?"如果你对那一章的想法杂乱模糊、华而不实，那就要非常警惕了;如果不能让它包含一两个要点，也许放弃它是更为明智的。但是，如果你觉得你对某一章的点子会推动故事的发展，那么就应该列出所有想在该章写到的要点。有时只有一个要点:一个角色快失明了，想要隐瞒这一事实;一封关键的信被偷走了。有时有三个要点。你可以在打字机旁的一张废纸上列出这些要点，确保不会忽略其中任何一个。即使我现在已写了近二十本书，有时也会把要点记下来。如果我从一开始就这样做的话，可以在写《列车上的陌生人》时，为自己省下大量的无用工。无论你最终变得多么老练，这样做总归没有坏处，因为它会让你对接下来要做什么有一种更踏实的感觉。

　　作家的气质和性格反映在他构思情节的方法上:是符合逻辑还是不合逻辑，是平淡乏味还是灵感四射，是进行模仿还是保持原创。一个作家可以模仿当前的潮流，写符合逻辑、平铺直叙的故事，来保证自己过得不错，因为这类仿作很有市场，而且不需要作家倾注太多的情感。因此，他的作品可能比更有原创性的作家卖得好上两倍或十倍，后者不仅对写作全身心投入，还要承受退稿的风险。所以，在开始写作之前，最好评估一下你自己。既然你可以孤独而悄无声息地做这件事，那就别再保留虚荣心了。

　　我之所以发表以上评论，是因为它与情节设计有关。总的来说，公众是不喜欢罪犯最终逃脱的，尽管这在书中比在改编的影视剧中更容易被接受。虽然审查制度已经放宽了，但是，如果罪犯主角被抓住、受惩，并在结尾处感到内疚，那么这本书就拥有了被改编成影视剧的资格。如果主角不能被绳之以法，那么在故事当中干掉主角几乎就成了最好的选择。这与我的想法相悖，因为我相当喜欢罪犯，觉得他们非常有趣，除非他们只是单调且愚蠢地进行暴力犯罪。

　　罪犯都非常有趣，引人关注，因为至少每一次他们都是活跃的，精神上都是自由的，并且不会向任何人屈服。我这个人有多守法呢，就算行李箱里没有任何违禁品，面对海关检查员，我还是会瑟瑟发抖。或许我自己身上有着一些深受压抑的严重犯罪动机，否则的话，我不会对罪犯有那么大的兴趣，也不会经常写他们。而且，我认为许多悬疑小说家——也许，除了那些作家，他们笔下的男女主人公是被冤枉蒙骗的一方，而反派都是次要的、毫无吸引力或注定要失败的——必须对罪犯抱有某种同情和认同，否则他们在写作讲述罪犯的书时就不会保持情感的专注。在这个方面，悬疑小说与推理小说有很大不同。悬疑小说家往往更为密切地关注罪犯的心理，因为大家通常都知道整本书中的罪犯是谁，而作家必须描写罪犯脑子里都在想些什么。除非作家能够与罪犯共情，否则他是做不到这一点的。

　　我觉得公众关于正义的热情是相当无聊的，而且很虚伪，因为，无论生命也好，大自然也罢，都不会在乎正义是否得到伸张。公众希望看到法律的胜利，至少大体如此，而与此同时，公众也欣赏暴行。当然，这种暴行必须站在正确的那一边。侦探主角可以是残暴的，在性关系上为所欲为，而且还打女人，却仍然受到大众的欢迎，这大概是因为他们正在追捕一些比自己更糟糕的东西吧。

几乎难以置信的事物

我非常喜欢情节和场景中的巧合，这些巧合几乎令人难以置信，但不是完全没有可能，例如：《列车上的陌生人》第一章中，一个刚认识另一个乘客才几小时的人，就提出了一个大胆的计划；一个年轻人的父亲偶然地选择了潜在的凶手汤姆·雷普利①做他的代理人，把那个年轻人从欧洲带回来；《猫头鹰的叫喊》中，罗伯特和詹妮的相遇不太可能发生或者不大可能成功，罗伯特似乎是一个偷窥者，而詹妮无视这一事实，还是被他吸引住了。我喜欢写的书，开头的节奏都很缓慢，甚至毫无波澜，这样一来，读者会对罪犯—主角和他周围的人彻底熟悉起来。但这方面是没有什么法则可依，在《弥天大错》中，我一开始就把故事给引爆了，短短的一个章节，塞进了大量的情节——基梅尔谋杀他的妻子。我们对基梅尔了解得不多，对他的妻子知道得更少，但由于一连串事

---

① 作者所著小说《天才雷普利》的主人公。

件的发生，第一章很有趣。之后，我转而去写沃尔特，就是
犯下弥天大错的人，他那部分的故事进展确实很慢。我们了
解了他的一切，他与妻子的不愉快关系，以及他之所以对一
个叫艾莉的女孩倾心，更多是因为这个女孩的善良与他妻子
的坏脾气形成对比，而不是因为她的任何其他品质。

节　奏

对节奏的掌控，一部分和情节设计有关，一部分和作者
想达到的效果有关。我并不总是考虑这个问题，就像我在
《弥天大错》中所做的那样。部分情况下，它可以被称为"风
格"，因此是自然的，不经研究的，关乎一个作家的气质。如
果你在写作时感到紧张和不自然，那么，就不应尝试过快或
过慢的节奏。有的书从一开始就很紧张；有的书从头慢到尾，
对各类事件都轻描淡写、条分缕析；有的书一开始很慢，然
后越来越快，结尾时开始冲刺。你能想象普鲁斯特去写悬疑
小说吗？我可以。他的文字会是悠闲、复杂的，故事情节不
是必需的，但是会对心理动机做出透彻分析。

我的大多数缓慢甚至乏味的开头，都是用一种相当紧张
的文风写成的。可以用一种激昂的方式来描写阳光明媚的外
国海滩上的一座昏暗、寂静的别墅，哪怕整整八十页都什么
也没有发生。这种文风会使读者对接下来的暴力事件有所准
备。也许更有趣的是，以一种闲散的方式写作（如果自然的

话），完全不让读者对流血和谋杀做好准备。试图为这些事情制定一条法律是很荒谬的。一个作家应该把故事中的事件按照最有趣、最好看的顺序来安排，这样的话，文字的正确节奏——无论快、慢还是匀速——可能就会自己浮现出来。

让你自己和你的读者意外

我前面谈到了，有必要像看一张照片那样清楚地看到一本书，但是，我几乎从来都做不到像看照片一样清楚地看到整个情节。比方说，我在一本书的前三分之一或四分之一处，就能看到我的角色、背景设定、氛围以及发生的事情，通常来说，也能在最后四分之一时看到，但在四分之三的篇幅里，很可能一直存在一个雾点，在我写到那儿之前，我无法清除这个雾点。

我的写作方法可能会让一个更有逻辑的人发疯。但是，经常会发生这样的情况——即使是那些在动手写之前，就已经把整本书从头到尾看得清清楚楚的作家——一本书在你写到四分之三的时候，自己就会改变。这可能是由于一个人物的行为与你预设的不同，这种情景可能好，也可能坏。有一种观点认为，有一个充满活力的、按自己的意志行动的人物总是好的，我不赞成。毕竟，你才是那个老板，你不会想要你的角色到处乱跑，或者静止不动，不管他们多么强大。

一个难以掌控的角色可能会推动情节朝着比你开始所设

想的更好的方向走。如果不是这样，他或她可能就必须被抑制、改变，或者完全放弃、重写。这样一个障碍值得花上几天时间去思考，一般也需要这么久。如果这个人物很不听话，同时又很有趣，你写出的书，可能会跟你开始打算要写的那本非常不同，也许更好，也许会同样好，但是好得不一样。你不应该被这种经历所吓倒。这种情况经常发生。没有哪本书，也可能没有哪幅画，当它完成时，与最初设想的完全一样。

如果你在构思时，或者在手稿中，有模糊的地方，某个常规的解决方案很可能自己会跳出来。这种常规的办法很容易想到，但是往往不是最好的办法。在《讲故事的人》接近尾声时，我想到了一个常规的解决方案：悉尼把妻子从她父母位于肯特郡的庄园的一处悬崖边推了下去，因为她威胁说，如果他不和她继续维系婚姻，就会指控他想要杀了她（意图把她推下悬崖），而他并不愿意这样做。所以悉尼推了她一把，并撒谎说是她自己掉下去的。这是一个老套而常规的解决方案，对悉尼成功实施谋杀的描写太突兀了。这个版本我写完就删掉了。

这是一种廉价的伎俩，就是为了让读者感到意外和震惊，尤其还以牺牲逻辑为代价。而且，作家的创造性匮乏，不能用耸人听闻的动作场面和巧妙的文字来掩盖。另外，写那些显而易见的东西也是一种懒惰，而且那种东西并不好看，真的。理想的情况是，出现一个让人意想不到的事件转折，与主角的性格保持着合理的一致性。把读者对你的信任，还有他自身的逻辑思维（这两者都很有弹性）调动到极致，但别去打破。这样一来，你就会写出一些新东西，让你自己和读者都感到意外和有趣。

初　稿

在我们谈论初稿之前，我想先谈谈全书第一页的问题。这很重要，因为，这一页要么吸引读者走进故事，要么让他合上书，把它丢到一边。我认识的一位作家告诉我，他是不会介意花上十天时间来写开头的。我曾在一天之内写了三个不同版本的开头，足足十天之后再去读它，如果这时我仍不满意，就继续往下写第二页，等到第二天再读一下第一页。没什么比得上全新的目光。

首　页

有些作家会预设读者不喜欢一段有三十行，觉得费眼又伤脑，因此更愿意把开头段落写得短一些，从一行到六行不等。我认为，这有一定的道理。例如，托马斯·曼可以把《威尼斯之死》的开头写得长而且密，但不是每个人的文字都像他那样富于智慧且充满魅力。

我更喜欢让第一句话包含正在移动、带有动作的事物，而不是写成这样："月光静静地斜照在苍白的沙滩上。"

以下是一些我写的第一句话，对它们的推敲，往往比看上去更久。

《列车上的陌生人》：

火车以一种愤怒的、不规则的节奏前进。它一直不得不在更小、更拥挤的车站停下来，在那里不耐烦地等待片刻，然后再次向草原冲击。

这一段写了七行[1]，接着的两行段落是介绍主角盖伊，他的心情如火车一般焦躁难安：

盖伊把目光从窗口移开，后背紧靠着座位。

接下来的三行段落交代了简单而熟悉的情况：盖伊想离婚，又担心妻子米里亚姆会让他难以达成这个愿望。然后，再回到火车场景上的盖伊，用两个中等长度的段落描述盖伊的外貌，又再写了一点他面临的问题，但不会让人感到费神。

《天才雷普利》：

汤姆瞥了一眼身后，看到那个男子也从"绿笼"酒吧出来，正朝相同的方向走来。汤姆走得更快了。那个男子无疑是在跟踪他。汤姆五分钟前就注意到他了，他坐在邻桌密切

---

①　按英文词数统计，下同。

注意着自己，一副不能十分确定却也相当有把握的模样。这副笃定的表情，不由得让汤姆匆忙咽下饮料，付钱走人。

接着就是五六个篇幅不一的短段落，在第一页末尾，我们知道了，汤姆·雷普利认为他有被逮捕的危险，虽然我们还不知道原因是什么。

《甜美的恶心》：

嫉妒让戴维无法入睡，驱使他从乱糟糟的床上起身，走出黑暗而寂静的寄宿公寓，来到街上。

这句话就是第一段的全部，接着是一个八行的段落，然后是一个十七行的段落——一个相当"经典"的开头。我们对戴维的烦恼一无所知，只知道他遇到了某种"状况"，这让他很苦恼。这一页的大部分都是在描述他正漫步的纽约州北部小镇的阴暗街道，以及戴维对这个场景的阴郁感受。

《玻璃牢房》：

星期二下午 3 点 35 分，国家监狱，囚犯们正从车间返回。

这个无疑很平静的句子，开启了一个八十行的段落，接着的段落长了一倍。毫无疑问，我寄希望于读者对监狱这种奇异的环境设定产生好奇心，进而一路读下去。节奏的压抑，也是监狱气氛的压抑；卡特刚刚得知了一个令他沮丧的消息，至少在那一刻，他被一种绝望的感觉刺穿了，他无法行动，也提不起速度，甚至就连紧张情绪都被压抑住了。第一段描述了卡特对几百号人每天从石廊经过时发出的响声的反应，这种反应体现出一个普通人对监狱生活的不习惯——我们可以假定，大多数读者都是这样的人。无论如何，通过触发读者自己在这种情况下可能会产生的想法和感受，使他们被引入监狱场景，对更进一步的信息，例如卡特为什么被关在这儿，他们也不会感到困惑或费神。等读者对卡特产生兴趣之后，再加以说明即可。

《弥天大错》：

　　那个穿着深蓝休闲裤和深绿运动衫的男子正在不耐烦地排队等待。

这句话构成整个第一段。第二段有九行，接着便是那名男子和一个卖电影票的女孩之间的日常对话，每句话只有短短一行，然后是一个七行的段落。第一句话并不怎么吸引人，但如果少了"不耐烦"这个词，就更不吸引人了。他只是去看一场电影，为什么要不耐烦？他在想什么呢？不到三十行，读者就通过人物的动作而不是我的描述了解到，那个男子买了张电影票，又和朋友们打了招呼，只是为了制造自己的不在场证明。故事继续往下进行不到五十行的时候，他就离开电影院，前去施行谋杀。整个过程是很好看的。随后我们可以读到更多关于基梅尔的内容，虽然如此，但一开始时就看到他如何行动，还是很有趣的。

通过《甜美的恶心》的第一句话，我想要传递一种情绪紧张的氛围，一种执拗前行的感觉，一种力量已然蓄满、终有一天会爆发的感觉。如果一个人已经心烦意乱到会从床上爬起来，独自出门散步，说明他遇到了某些麻烦，这就是一种"状况"。

这一切在我看来是没有什么规则可言的，我想，你可以让一个人物做一些既简单又有趣的事情，例如：从洗脸盆的下水道里捞出一枚结婚戒指，然后在同一段里继续往下写上五六十行，仍然能够吸引读者。但是，读者肯定不希望一下子就被丢进信息海洋之中，自己根本无法把其中涉及的各个人物与复杂事实关联起来，因为根本没有机会了解这些人物。另外，把读者扔进一个感情强烈的场景，例如，一场争论，或一个以某种形式开展的激情场面，都是一种对热情的浪费，因为读者不可能在不了解角色的情况之下产生代入感。因此，我必须说，要描写动作，但是同时不解释这些动作背后的原因，这种写法是很好的。在《天才雷普利》中，"那个男子无疑是在跟踪他"，我们知道的就只有这么多，这就是一种"状况"，而且是最简单、原始的一种"状况"。但雷普利一直在思考这个情况。我们不知道雷普利是不是个应该被跟踪的骗子，是不是患有妄想症，正在产生幻觉，但一个人跟踪另一个人，或者一个人认为自己正在被跟踪，是一种"状况"，读者想知道"跟踪者"是否会追上他、是否想追上他，如果成功了的话，会发生什么。

朱利安·西蒙斯是位一流作家，他的悬疑、推理作品获了许多奖，经常为《埃勒里·奎因神秘杂志》撰稿。任何悬疑小说家向他学习都会受益。他的《犯罪的进展》这本书的第一句话是：

> 那天休·贝内特的午饭像往常一样是在朱塞佩餐厅吃的，那是办公室附近吃饭的唯一好地方。

这段话持续了五行，接下来几段是篇幅不断增加的日常对话，向我们介绍了和休一起在英国某个小镇报社工作的两个人。这段文字相当随意，也不够激动人心，不过，因为它在描写日常生活，所以读起来仍然是令人信服的——当然，其中在聊本行的角色还是有意思的。报社人员聊本行，大多数人都会觉得有意思，更何况这个例子当中，几个角色正在发牢骚，这就更有趣了。《犯罪的进展》讲述了年轻的休·贝内特对篝火之夜①的一场小镇骚乱的报道，在这场骚乱中，

---

① 篝火之夜（Guy Fawkes Night），每年 11 月 5 日在英国举行的庆祝活动，当天人们会搭建篝火，燃放焰火，焚烧火药阴谋的策划者的假人。节庆渊源可追溯至 1605 年 11 月 5 日，盖伊·福克斯和他的天主教教友密谋在 11 月 15 日引爆炸药炸死詹姆斯一世和其他议员，但被议会的保卫队长抓获，于次年 2 月 10 日在伦敦塔处死。为了纪念国家面临的这个迫在眉睫的危机，詹姆斯一世决定将 11 月 5 日定为篝火之夜。后被推广到其他英属国家。

镇上一位大人物遭到五个青少年匪徒的袭击，并被刺死。随后，这个团伙中的两人接受了审判。审判的整个进程，以及报纸的同步报道，西蒙斯先生都写得很精彩。这里面其实没有什么悬疑色彩可言，因为我们知道，把人刺死的那一刀，肯定是该团伙的头目和其中一个男孩捅下去的。但是控方为收集罪证、辩方为掩盖罪证进行斗争，这依然存在悬念。

朱利安·西蒙斯既是一位散文家、评论家，也是一位小说家，他没有受到分类的阻碍，他写的悬疑小说恰恰也拓宽了这种体裁的可能性。

格雷厄姆·格林的名作《第三人》，开头是一种冷静、叙述的方式：

> 人们永远也不会知道，打击会在何时到来。我初次见到罗洛·马丁斯的时候，在我的秘密警察档案中记录了这样一条："正常情况下是个快乐的傻瓜。酒喝得太多，也许会惹点小麻烦。每次有女人从身边经过，他便会抬起眼来发表几句评论，但我的印象是他其实乐得清静。从来没有真正长大，或许这就是他那么崇拜莱姆的原因。"我在那儿写了"正常情况下"，因为我是在哈利·莱姆的葬礼上和他初次相遇的。

接下来是一个长长的段落，以"要是他当时跑来把这事告诉我就好了，那会省下多少麻烦啊"结束。在这里，一个谜团、一个问题和一个死去的人物被引入一个几乎占去整整一页的段落之中，接下去的那段甚至更长，有一页半。这两个段落，构成了全书的第一章。这一章写得很密集，那种随意的氛围也引人入胜，它所描写的事实交织着人性弱点——这本身就很吸引人，因为我们都有弱点，也就喜欢读其他同样有弱点的人的故事。这本书是为了拍电影而写的，因此，在《第三人》的序言中，格林先生提到，他觉得受到了约束。

电影《堕落的偶像》是根据格雷厄姆·格林的故事《地下室》（发表于 1935 年）改编的，这个故事最初并不是为了拍电影而写的，我认为，格林先生在它的开篇中更加自然，也更少了一些不自在：

> 大门把那两个人关在外面，管家贝恩斯转身返回黑暗、幽深的大厅，菲利普这才有了活劲儿。他就站在儿童房的门前听着，直到听见出租车的引擎声沿着街道渐渐消失。他的父母去度假了，他们将离开两个星期……

就这样往下，一共写了四行，接下来的三段分别是五行、八行及六行。

这两个开头在风格上的差异是惊人的。我指的不是文学价值，而是其中的情绪。比起简单一句"在他们身后关闭"，"把那两个人关在外面"这句话中，包含着太多的敌意和自我防卫。《地下室》属于传统的抒情式短篇小说，小说是通过某个人物（这里是一个小男孩）的视角来展开的，从一开始人物的情绪就渗透其中。《第三人》则更加知识分子气一些。如同一切作家那样，格林先生总是努力吸引他的读者，但在《第三人》中，这种努力似乎尤为明显。而在另一部作品中则更加自然。

有一则关于第一章的评论是通行的：在第一章中提供故事线是个不错的想法。第一章里可能什么也不曾"发生"，可能是那种小说。你可能想要设置场景，展示两个或多个人物之间的结构或关系的模式，向读者介绍特定的角色，仅此而已。我所说的故事线，指的是潜在的行动，例如：一个人物想去某个地方旅行；另一个人物想要自杀，但他没有能力这样做；一个人物想获取他或她还没有得到的东西（或人）；还可以提及某种潜在的危险——它可以来自任何东西，从白蚁、可能发生的地震到某个角色出现的精神异常。因此，仅仅描写人物的关系就可以创造出"一条故事线"，只要这种关系是动态的。

我还可以想象一条平静的故事线：一个美丽的年轻女孩正在忠实地照顾坐在轮椅上的祖父，并且为了他选择与世隔绝的生活。事实上这种状态不能一直持续下去——如果你要把它写成一本书的话！在一本书中，她可能会暂时离开这个轮椅世界，然后在结尾处再回来——但如果是一本悬疑小说，她很可能一直在外面。悬疑小说的第一章要么存在行动，要么存在行动的可能。每本好的小说都存在行动与行动的可能，而在悬疑小说中，行动很可能更加暴力。这就是唯一的区别。

篇幅与比例

有的作家的初稿写得太简短了。我就见过一个。但是，有一个写得太短的作家，就有一百个初稿写得太长的。现在有一种倾向是过度描写，甚至是过度解释。举例而言，在描写一个房间时，去描写其中的一切是毫无必要的——除非这个房间充满有趣的不协调的事物，如：蜘蛛网和婚礼蛋糕。通常，只需要描写一到两件东西，就足以让读者明了住在这个房间里的人究竟是男人还是女人，富有还是贫穷，整洁、挑衅还是粗心大意。

写对话的时候也是一样，新人作家也倾向于把每个词都写出来。四十行对话的要点，通常用三行文字就能表达出来。对话是戏剧性的，处理起来应该慎重，因为对话的存在会让小说更加戏剧化。例如，一本书中关于婚姻的争吵可以被概括成这么一句话："霍华德拒绝让步，尽管她和他争论了整整半个小时。最后她放弃了。"有人可能就会在这后面加上一段对话，例如："你总是按自己的方式行事，"简说，"所以，在你的胜利篇章上再记一笔吧。"

写初稿的时候，对整本书，也就是各个章节的比重，应该心中有数——无论你是否对书从头到尾每一部分的详情都清楚了解。我来描述一下我第一次是怎么写书的，这样可以最好地阐明我想要表达的意思，这也是我的第一次失败。这本书从来没有出版过，甚至根本没有写完。那个时候，我对整本书的开头、中段和结尾都做了设想，我想写差不多三百页的篇幅，等到写好了，再删掉二十五页左右。突然有一天，我发现已经写到第三百六十五页了，可是故事连一半都还没讲完。我对书的页数盯得太紧，却没有看到整本书的全貌。我在描写一些小事时太过用心，使得整本书的篇幅已经不合比例了。

如果我们假设书的情节形状就像一副没有白点的多米诺骨牌那样，但中间有一个山脊，那么，就让这个山脊代表故事的中段部分——不管是就页数而言，还是就情节长度而言。小高潮和事件可能在中心线的两边，但不是都挤在中心线之后，也不是都在多米诺骨牌的最右端。类似这样的认识，可能有助于你掌控一本书。当然，在你决定"中段"位置之后，还有一些调整变化的空间，轻微的调整并不严重，但如果你多写或少写了七十五页，那就有些不妙了。

有的作家可能更喜欢用比较容易看清的图表作为大纲，或者作为书面大纲的补充。我曾做过一个像折线图一样的大纲，线条上上下下地游走。"上扬"线条顶端的点被标记为故事中的某些事件。这种方法会迫使作家依照整个故事的比例来处理事件的发生顺序。他还可以在这些点上暂且标上页数——这至少可以大致显示，他在故事写到某个特定的节点时，应该完成了多少页。

我有个习惯，在一天的工作结束后，会考虑第二天的工作。可能我已经有点累了，很高兴已经写完八页内容，或是完成了其他什么。但是，想到我明天要写的故事中接下来会发生的事，还是会感觉愉快，而且受到鼓舞。这给了我一种持续不断的感觉。如果那天晚上我的注意力会被朋友们所吸引，我不会觉得离工作太远（我的意思是，远到会出问题），即使我整个晚上都不去想工作。事实上，不去想它是个好主意，是在和朋友聚会的晚上恢复自己的精神，或者做一些与写作完全不同的事情。如果你在一天结束时思考第二天的工作，你第二天早上奔向打字机的时候，就会相当明确地知道要做什么，而不是："我写到哪里了？我应该怎样才能重新回来？"睡觉的时候想问题也会有帮助：第二天你会更快、更清楚地把这些问题写出来。

写一本书，实际上是一个漫长而连续的过程。理想情况下，这个过程只会被睡眠打断。由于我们并非生活在荒岛上，即使住在林中小木屋里，也会遇到一些问题，比如食物和燃料供应不足，所以我们必须不断地制定各种计划、玩各种游戏，为自己寻求各式各样的支持。当然，在你写书的时候，头脑是需要消遣的，但那些消遣理应经过精心选择，不会令你感到不安或身体疲惫。

在开始写作之前，我很少通读前一天写下的内容，但是会读最后那一两页。如果前一天我没有在某个章节末尾停笔，我会检查一下这个章节已经写了多长，我对篇幅是很在意的——尽管并没有关于章节篇幅长短的法律规定。一章就像戏剧中的"一幕"，其中包含着一次戏剧性或情感性的冲击，无论冲击力度大或小。你必须在情感上充分意识到这一点。经常有人问我这个小问题：我是否在每天开始写作前阅读前一天的作品（甚至已经写完的全部手稿，海明威就是这么做的）——所以我在这里提一下。是否往回阅读，阅读多少，纯粹是个人选择。我发现，至少有必要往回阅读一页，以便找回文字的节奏和情绪。

心情和节奏

我开始写《天才雷普利》时，自认为心情很好，且节奏完美。我在马萨诸塞州邻近莱诺克斯的乡下租了一间小屋，在那里度过了三个星期，在此期间，我一直从莱诺克斯的一家极好的图书馆借阅书籍，图书馆虽然是私人所有，却欢迎游客光顾。我读了1835年版的托克维尔所著《美国的民主》，还翻阅了一本意大利语语法书，以及其他一些书籍。我的房东住在不远处，是一个殡仪馆的老板，谈起自家生意来滔滔不绝，尽管他不允许我去参观他的殡仪馆，也不允许我去看他在填塞尸体之前在尸体胸口上切出来的树形伤口。"你用什么来填塞尸体？"我问。"锯末。"他答得直截了当。我马上就想到了一个主意：让雷普利参与一次从的里雅斯特到罗马和那不勒斯的走私活动，其间雷普利将在火车上看护一具实际上填满鸦片的尸体。这当然是一个糟糕的点子，我从未这样写过，但这就是我想去看房东那儿的尸体的原因。带着一种愉快的心情，我开始写《天才雷普利》。起初似乎进展得很顺

利，但到了第七十五页左右，我感到我写下的文字和我一样
放松，几乎等同于泄了气，而这种松弛的心态并不适合雷普
利先生。我决定把这几十页都废掉，从头再来，写作时，我
只挨着椅子边儿坐着，心态也相应地做了调整，因为雷普利
是这样的一个年轻人——如果他坐下来，他就会是一个坐在
椅子边上的年轻人。

　　但是，即便写作一度岔到了填满鸦片的尸体，也犯了文
字太过松弛的错误，我并没有放弃我的主要想法，那就是两
个有着某种相似之处——尽管相似性不多——的年轻人，其
中一个杀死了另一个，并且冒名顶替对方。这是故事的关键
所在。许多故事都可以围绕这样一个想法来写。《天才雷普
利》的诡计并没有什么特别了不起的，但它之所以成为一本
受欢迎的书，是因为狂野的行文，以及雷普利本人的傲慢鲁
莽。通过把自己想象成这样一个人物，与我本来具备的那种
文风相比，我的文风变得更为自信了。它变得更有娱乐性了。
读者喜欢看到作家对自己的素材有相当的掌控能力，并且有
足够的余裕。《天才雷普利》获得了美国推理作家协会奖，以
及法国格兰匹治警察文学奖 ①，并被拍成电影《怒海沉尸》②。

---

① Grand Prix de Littérature Policière，创办于 1948 年，是法国历史最为悠久、
　最负盛名的侦探小说奖项，设有法国奖和国际奖，前者颁给法国作家创作
　的侦探小说，后者颁给译成法语的外国侦探小说。
② 这里指《天才雷普利》1960 年的电影版，法文片名为 *Plein soleil*，英文片
　名为 *Purple Noon*，也有译作《紫色正午》等。该片由法国和意大利合拍，
　雷内·克莱芒导演，阿兰·德隆、玛丽·拉福莱等主演。

美国推理作家协会奖被我挂在了卫生间里，选这个地方，就会看上去没有那么浮夸。在波西塔诺，用镜框装裱起来的获奖证书略有些发霉，当我取下镜框清洗、晾干时，我在自己的名字前写上了"雷普利先生与"几个字，我认为，雷普利本人应该得到这个奖。对我来说，写这本书再容易也没有了，我经常感到是雷普利在写作，我不过是打字录入罢了。

与书保持协调

好书是自己写出来的，从《天才雷普利》这样一本篇幅小而成功的书到篇幅更大、更了不起的文学作品，都可以这样说。如果作家对素材思考的时间足够长，直到它成为自己思想和生活的一部分，无论睡觉还是醒着都在思考——最后当他开始写作时，作品就会自己流淌出来。一个作家在写书的过程中，应该感到自己是在为书服务，无论这需要六个星期、六个月、一年，还是更长时间。如果你与书及其需求保持协调的话，在写作期间，来自外部世界的零星信息、面孔、姓名、八卦与各种各样的印象，都将在书中得到利用，这是一种很美妙的方式。那么，是作家吸引了正确的事物，还是在某个过程中抵挡了错误的事物？可能是这两者的结合。

如果你试图在工作的同时写作，每天或每个周末为自己留出一定的神圣时间，在此期间没有任何干扰，这对你而言是很重要的。如果你和某个人同住，某种程度上这就更容易安排了，因为那个人可以替你去应门铃或接电话。一定有成百上千的作家试图在周末和晚上写小说。每周五个晚上，每晚写两到三个小时，或者每周六写八个小时，或者每周四个晚上，每晚写三个小时——作家必须制定自己的时间表，并坚持下去。对自己工作的自豪感是必不可少的，如果你不停地中断写作，接受各种邀约，这种自豪感就会逐渐磨灭。小说的进展可能很慢，但这并不重要，重要的是要有一种感觉：这本书已经步入正轨，正在稳步向前——即使你一个月只写了四十页。如果你有份工作，你应该精神饱满地面对下班之后的劳作，不应该搞得太匆忙，因为这样会让诸多事情搅成一团，那样就不容易面对了，所以如果出现某个让你分心的事物，你会更倾向于被它吸引，而不是直面正在办公桌上等待你去解决的问题。

手艺与天赋

这些话都是老生常谈，但是，有一定经验也有一定天赋的作家必然受到外部压力，否则就不会有萨拉托加温泉的亚多 ① 这样的机构了。入驻亚多社区不需要花钱，但是作家要想被接纳，必须提交一部书稿的第一章、几个短篇小说（出版与否皆可）以及三封推荐信。这里不给作家提供任何东西，只会给他一个属于自己的房间，同时确保上午九点到下午四

———————————

① 　亚多（Yaddo），美国纽约州在 20 世纪初于萨拉托加温泉设立的艺术家社区，邀请各种艺术创作者在一段时间内入驻，开展创作。

点期间，他不会受到任何打扰，但作家除了一支铅笔或一台打字机和一些纸张外，不需要其他东西——当然，还需要食物，这里也是免费的。大多数作家发现，他们在这样的环境下工作，比在"外面的世界"（无论是哪里）工作，效率要高出百分之三十。他们会写得更好，产出也更快。由于不得不工作的缘故，并不是每个人都能有幸入驻亚多。我提及它，只是作为一个理想目标，就算是在家带孩子，也可以通过小步往前走的方式来抵达目标。

一个人可以随时要求获得两三个小时的绝对个人空间，而无需变成怪物，或感到自己是怪物。这种日常安排应该成为一种习惯，而这种习惯，就像写作本身，是一种生活方式。它应该成为一种必需品；然后，一个人才可以，而且也会一直工作下去。一个人有可能一辈子都像作家那样思考，也想要成为作家，却由于懒惰或没有养成习惯，几乎不怎么创作。这样的人如果写作，写出来的东西可能还过得去——这类人往往被称为出色的书信作家——甚至有几篇还可能发表，但这是靠不住的。写作是一门手艺，需要不断练习。

"画画与梦想或灵感降临无关。它是一门手艺，需要一个优秀的匠人来好好做。"这是皮埃尔·奥古斯特·雷诺阿说的，这句来自艺术大师的话，我认为值得记住。

还有一句话，是玛莎·格雷厄姆①对舞蹈艺术的评论：

---

① 玛莎·格雷厄姆（Martha Graham，1894—1991），美国舞蹈家，被视作现代舞的奠基人。

"它是一种由以下三种事物构成的奇妙组合：技巧、直觉，以及——我必须无情地说——一种叫做信仰的美丽且无形的东西。如果你缺乏这种魔法，你可以做成一件漂亮的事情，你可以做三十二周挥鞭转 ①，可是，这些都无关紧要。这个东西是与生俱来的。你可以把它从人们身上激发出来，但你灌输不进去，你教不了它。"

雷诺阿谈的是手艺，玛莎·格雷厄姆说的是天赋、才华和天才。这两者必须齐头并进。缺乏天赋的手艺无法创造欢乐、予人惊喜，毫无原创性可言。而缺乏手艺的天赋——世人该怎么看到它呢？

与上述言论相类似的话，伟大的音乐家、雕塑家和演员都说过，因为一切艺术都是共通的，一切艺术家的内核都是相似的，至于究竟是成为一个音乐家、画家还是作家，则是由偶然来决定的。所有艺术都基于对交流的渴望、对美的热爱，以及从无序中创造有序的需要。这是我十七岁时拥有的"尤里卡"瞬间：所有艺术皆为一体。我产生这一感觉之后，认为我做出了新的发现，但是很快就明白，几千年前，几乎在人类刚刚开始创作的时候，就已有人说过这句话了。早在两万四千年前，当有人绘制拉斯科洞穴的巨大动物壁画时，我想，部落中的有些人就注意到了，那些在洞壁上画野牛和驯鹿的人，与那些总是想要吸引大家围过来、听自己编的故

---

① 芭蕾舞剧中最难的动作。

事的人之间，存在某种奇怪的相似性。讲故事的人为打磨艺术而付出的努力没有得到记录，但在那些墙壁被绘制过的洞穴的地面上，散落着壁画师最初的努力——画在现已破碎的黏土碎片上的练习草图。他们必须经过反复练习，才能一抬手、一挥胳膊，就画出驯鹿的背。

联系感

　　某些我只曾听闻、从未亲见的画家让我感到惊讶：他们满足于为自己画画，不在乎能否举办展览，更不在乎画作能否售出。这确实需要内在的自足和自信。对他们而言，一切快乐显然源于使得作品在自己眼前一点点变得完美，只为自己开心。这似乎有些奇怪，因为这些画家一直被他人围绕，或许，有些画家还喜欢向特定的朋友圈展示自己的作品。但这种态度并非不可想象。我认为，即便大多数作家过着《鲁滨孙漂流记》中的生活，终其一生都无望见到另一个活人，他们仍然会利用手头有的任何材料写诗、写短篇小说，完成一部书稿。写作是一种搜集阅历、整理生活的方式，就算可能缺乏受众，这种需求也仍然是存在的。当然，我认为，大多数画家、作家还是希望作品被更多人欣赏、阅读的，从情感上来说，这种"联系感"对他们提振信心非常重要。

　　我第一次被推上写作的轨道是在九岁那年。我的英语老师布置的作业，是那种典型的会让学生特别痛苦的作文，题目是《我如何度过暑假》。由于我们必须在脱稿的情况下，站到教室前面去背诵作文，就更令人痛苦了。一般来说，这种类型的作文就是写写骑自行车郊游、参与轮滑比赛，或是某人如何拿着自制弹弓和别人比赛打易拉罐，然后得了个二等奖。但在我九岁的那个夏天，我做了一件有趣的事。我的家人开车从纽约去了得克萨斯，又开了回来，我们沿路参观了"无尽洞穴"①。我描述了这些给我留下深刻印象的洞穴：它们的体量极大，洞穴的起源一直没被探尽，有些石灰岩呈现花朵的形状，具有雄蕊、花药、花瓣和花茎。这些洞穴是由两个小男孩发现的，他们当时正在追一只兔子。兔子顺着地缝冲了下去，男孩们紧跟其后，随即发现自己身处一个巨大、凉爽、美丽、色彩斑斓的地下世界。当我讲到这一部分时，教室里的气氛变得不一样了。每个人都认真听了起来，因为他们被我吸引住了。突然间，我也开始有意地逗乐大家，而且不断分享我的个人感受。我把自我意识那一套完全丢开了，这个小小的演讲也因此更加顺利。这是我第一次通过自己讲述的故事，给人以享受。它仿佛一种魔法，却是可以实现的，而且我已经做到了。然而，我当时并没有想到这些。我在十五岁时出于自娱自乐的目的才动笔写东西，写的是一首奇幻的浪漫史诗，类似于丁尼生的《国王之歌》中的某一首②。

① 　无尽洞穴（Endless Caverns），一个商业展示洞穴，位于美国弗吉尼亚州新市场以南 3 英里处。该洞穴是石灰岩溶洞。
② 　*Idylls of the King*，英国诗人丁尼生（Alfred Tennyson，1809—1892）根据亚瑟王传说写的一部经典叙事诗。

各种障碍

把某个章节称作"障碍"，并试图把它们一一列出来，在几页之内处理，这也许是很可笑的。潜在的障碍随时都会被你遇到，甚至你在写第一句话时就会遇到，如果你写了一个沉闷的句子，感到不满意，当即停笔的话。障碍会导致各种类型、大小不一的停顿。小的停顿，如一个乏味的句子，可以重写，两分钟以内就纠正过来，但也有大的停顿，这就把自己逼进了死角。那些大的障碍往往诞生于书稿的后半部分，可能会导致几天或几周的痛苦停顿。你会觉得自己掉进了陷阱，手被绑住，大脑僵硬，角色也一个个都瘫痪了，故事还没写完，就开始变得无聊了。解决这个问题的办法可能是回到最初那个点子，回到你开始写书之前的那些所思所想。提醒自己，究竟是什么驱使你开始写这本书的，甚至问一下自己："我到底想让什么发生？"然后再来对各类事件做出安排。这可能意味着对情节或人物做出些许调整，有时这个调整还很大。当然，这是最耗费时间的工作。有时，如果你仅仅是因为一起小事件在写作时卡住，例如不知道怎么给书收尾、不知道怎么证明主角的清白，或其他什么，操作起来就比较简短。

　　在写《天才雷普利》时，我在结尾处的二十多页确实遇到了困难。我想写一起意外事件，这起事件对雷普利来说似乎是危险的，而在警察眼里却能为他洗脱罪名。但那个点子我怎么也想不出来，将近三个星期里我一筹莫展。我开始觉得，我的创造力已经要把我抛弃了。我试了自己知道的每一种方法，对着作品仔细琢磨也好，把作品抛在一边也好，回过头再去读前五十页也好，没有哪种方法管用。由于我觉得这是在浪费时间，就开始用打字机录入第一部分的成稿。这种一面打字一面盯着书稿（自然，我一边在对书稿不停地润色）的半机械化操作方式肯定起到了效果，因为就在我打了三四天字以后，终于想出了解决办法。办法就是让格林利夫绘制并签名的几张油画在美国运通公司的仓库被人发现，那些画是之前雷普利寄存到那里的。因为人们认为这些画是格林利夫在"自杀"前留在威尼斯的，所以，画上的指纹被视作是他的。而事实上，这时候格林利夫已经死去好几个月了。画上的指纹与"格林利夫"在罗马公寓里的指纹相吻合，尽管这些指纹都是雷普利的，却无人怀疑雷普利曾去过那里，从警方视角来看，这一点也得到了证实。雷普利被证明是清白的，最重要的是，他还得到了格林利夫父亲的祝福，还能靠着格林利夫的信托金生活无忧。故事就此结束。

　　作家想让一个故事当中发生些什么，和他想要创造什么样的效果有关——无论是悲剧、喜剧，还是忧郁的效果，或是其他什么。写书之前，你应该充分认识到自己想要创造什么效果。我在这里重复这一点，是因为当你遇到阻碍时，它能起到帮助作用。回头想一下你打算达成的效果，你想要的那个意外事件或情节变化，可能就会立即涌上心头。

在我写《天才雷普利》这本书的时候，我发现自己被一连串烦人的但也可以预见的障碍给困住了。它们都是些小障碍。接下来写什么？这两句话，到底哪句是前面那一章的，哪句是下面那一章的？我时不时地觉得有很多话要说，但是其他很多时候又觉得脑中一片空白。这是因为，我一直在用自己的大脑，而不是用某种无意识的力量来处理整个问题，最关键的，缺少一条叙事线索，来引导我穿越这本书的小迷宫。如果在创作某本小说时遇到这一类障碍，我就知道，这其实是因为，我想不到紧接着会有哪些事件发生（这种情况下，我会停下来，把下面三四十页怎么写给想清楚），或是因为，我强迫某一个或多个角色做了违背自身意愿的事情，又或是因为，情节太不合逻辑了，甚至连我自己都说服不了。

尽管听起来我可能对待情节设计和写作过程有点轻率，但我坚信，在写作某一章的过程中，能提前看到下一章怎么写，在写作上通常不是用一天时间就可以做到的。一些新手作家可以短时间内轻松地填满两百页，但多数时候，是由编辑代他们做了上述工作，指出前后矛盾之处和让人出戏的情节。一个作家要是这样写作，那就是既懒惰，又迟钝。作家应该始终对他在纸上所创造的效果如何、对他所写的内容真实与否保持足够的敏感。他应该像机械师听到发动机的故障噪声一样，迅速察觉哪里出了问题，并在问题变得更糟之前予以纠正。

抽象问题和具体问题

如果一个悬疑故事极尽可能地按逻辑布局，那么比起写严肃小说来应该更容易推进，因为有一条强而有力的故事线。严肃小说家遇到的问题是相当抽象的——例如，某个角色拒绝服从作家的情节安排，某个在大纲中似乎可行的伦理问题的解决方案，落实到文字中就不对了。悬疑作家面对的问题往往是具体的，例如：火车是快还是慢、警察如何办案、安眠药效有多强、体能极限在哪里，以及如何既不把警察写得太聪明，又不写得太蠢。地理环境可能不得不改变，距离要缩短或拉长。主人公可能必须被赋予某种特殊天赋或缺陷，如敏锐的视力或听力，或对飞蛾、蝴蝶的病态恐惧，如果你打算稍后在书中利用这些，就必须很早埋下伏笔。

新手作家最常遇到的障碍，可能会以如下问题形式出现："接下来会发生什么？"这是一个吓人的问题，可能会使作家因为怯场而颤抖，甚至会让他感觉自己仿佛赤裸地站在舞台上面对许多观众，自己甚至想不出有哪一招来逗他们发笑。他突然被迫思考一些肯定永远思考不出来的东西，因为灵感或点子的萌芽绝不是这么来的。他往往也知道，下一步或者马上要发生的两三件事；他对自己的故事并不全然陌生，但他就是拿不定主意，接着应该写哪个场景或事件。问题本身很简单，就是一个怎么安排顺序的问题。但是，这是一个关于戏剧性的问题，因此也就是创作问题。如果你光是思考还是拿不定主意，那就停止思考，做些别的事情，比如去洗车，让好几个点子在你的脑子里自由地盘旋。一个作家的头脑总是会找到一种办法，将一系列事件以一种自然具有戏剧感因而也是正确的形式组织起来。从最伟大的戏剧作家——埃斯库罗斯和莎士比亚——到成功的通俗小说家，这种对诸多事件的戏剧性安排，最主要的一种体现方式就是人们所说的"本能"，但它同时也是练习和纪律的产物。作家是娱乐艺人。用一种吸引人的、有意思的形式来呈现各种事物，让观众或读者意外地直起身来，然后集中注意力，并且感到很开心，这些是会让作家感到愉悦的。

哪种视角？

但是，如果一个故事真的无法推进，让你感觉陷入纠结，难以动弹，那么，你就要再次尝试情节设计的方法了：为你的问题创造各种可能的解决方案；设计新的情节来推动故事的发展，哪怕是疯狂的、不合逻辑的解决方案和行动，因为它们有可能变得符合逻辑。如果这样做失败了，就暂时忘掉整件事情，甚至装作你并不在乎这本书是否完成。这可能意味着有那么几天时间，你在家里闲着，什么都不做，要么你就去做园艺、弹钢琴，做任何能改变你想法的事情。然而，书中的障碍是一个潜在的必须解决的问题，无法靠假装它不存在就能将其消除。当然，如果你没有真正全身心地投入书中，可以非常轻易地把它抛开。但如果你全身心地投入了，而且真的很在意，你的潜意识就会想出解决问题的办法。

一个作家可能在写到二十页左右时就发现，自己在用错误的视角讲故事。我认为，视角对许多新手作家来说就好比一辆婴儿车，因为关于这个问题，有太多可怕的说法了。这完全是一个你写作时觉得舒不舒服的问题，即你应该通过谁的眼睛来讲故事。此外，唯一需要考虑的问题是，这是一个什么样的故事？是从旁观者的角度，还是通过参与者的角度来讲更好？

第一人称单数是写小说最困难的形式；在这一点上，作家们似乎都达成了共识，即使他们在其他关于视角的问题上不能达成任何共识。我曾两次在第一人称单数的书中陷入困境，于是，我果断放弃了写这些书的念头。我不知道是什么原因，只是一写"我"这个人称代词就觉得恶心又疲倦，而且有一种愚蠢的感觉始终纠缠着我：那个讲故事的人就坐在桌前写这个故事。太要命了！另外，我写的主角有相当多的内心独白，用第一人称把这一切写下来，会使他们听起来就像卑鄙的阴谋家，当然，他们确实就是，但如果作者以上帝视角讲述他们头脑中发生的事情，他们似乎就没那么卑鄙了。

　　我更喜欢用第三人称单数来作为主要角色的视角，也许因为，这从各方面来说对我都更容易。而且我还要补充一点，就是我喜欢用男性视角，因为我有一种感觉——这完全没有事实依据——女人不像男人那么活跃，也没有那么敢于冒险。我能够理解，她们参与的活动并不需要体能，而在激励他人这方面，她们可能大幅度领先于男人，但我还是倾向于认为，女人常常是被他人和环境推动的，而不是反过来引领他人和环境，而且她们更容易说"我不能"，而不是"我会""我要"。

　　一个故事中那种最简单的视角，我几乎不敢这么评价，可能就是与罪犯较量的某个不是罪犯的人了。显然，作家必须认同那个人，因为故事是通过那个人的眼睛去讲述的，而他的感受、想法和反应，将成为故事的命脉。这并不等于说这个人物将是故事情节的承载者。我能轻易构思出一个悬疑故事，叙述通过一个被关在病床上的老人或女人的眼睛来展开，她们只是正在发生的事情的观察者。但是，即使是悬疑小说，和其他所有小说一样，也是一种情感的产物；五种感官，加上做出判断和决定的智力因素，才是真正重要的东西，也构成了一本书的核心。

　　悬疑小说家很容易选择一个非常有行动力的人的视角——一个能够打斗、跑动并在必要时开枪的人。如果一直都是这一套，读者也好，作家也罢，都会感到厌烦的。我曾想过从尸体的角度写一本悬疑小说。"这是尸体在说话"。然后由他或她继续讲述生前的故事，如何死去的种种细节，以及之后发生了什么。不要问一具尸体怎么能做这些事，一部小说并不总是需要回答逻辑问题。但我这个点子几乎没有原创性。据评论家安东尼·鲍彻说，已经有半打以上的犯罪小说家用过这个点子，他还说："这个点子不断被人们想起来，而且总被认为是新奇的，能够予人惊喜……"

我们不应忘记旁观者视角，例如亨利·詹姆斯写《螺丝在拧紧》时就用得很出彩。我无法想象那个女家庭教师在与两个孩子的枕头大战中会坚持自己的看法，但她对看到或想象出的事情的反应，却让人毛骨悚然。

我更喜欢在小说中使用两种视角，但我并不总是能够这样做。在《深水》中，如果我愿意的话，"我"可以从丈夫维克的视角转到妻子的视角，但在那个故事中，我们清楚地知道她原先的想法和欲望是什么，如果通过她的眼睛看问题，不会给这本书带来什么信息或变化。然而，像我在《天才雷普利》中所做的那样，在整本书中使用同一个视角，可以增加故事的强度——而强度可以也应该抵消单一视角可能带来的单调感。使用两个视角可以带来非常有趣的节奏和情绪变化——如我在《列车上的陌生人》中所做的那样，两个年轻的主角是如此不同，而在《弥天大错》中，沃尔特和基梅尔也是完全不同的人。这就是为什么我更喜欢两种视角，如果故事本身可以容许我这样做的话。

最近我在一本女性杂志上读到一个故事，故事是通过一个父亲的视角展开的。他的年轻女儿面临被一个她很喜欢的老男人带走的危险。这些故事通常这样开头："我只是个普通人，所以我并不是什么都知道，但是……"读者可能会热切地读下去，只是因为叙述者是个男人，而且应该知道一些他们不知道的事情。故事好好地讲了一千字左右，出现了一幕浪漫场景：女儿和老男人在月光下的阳台上开始直接对话了，而当时那个父亲是不可能出现在那个场景中的。作者也并没有宣称他要编造这段对话，但我意识到这个事实的时候，这一幕已经看了一半了。

　　为什么要担心视角的问题？你就算让角落里的一个痰盂说话也无妨。可是，因为我是个作家，这个故事对视角的处理最终还是让我感到震惊，我又回头去看了看作家是如何处理的。他其实并没有做出处理；他只是直接写了月光下的阳台这个场景。结果，读者也还读得下去——特别是如果你在阅读中途停下，去搅动一碗热汤的话——但从情感上讲，这种中断，这种莫名其妙、不可原谅的视角中断，大大地削弱了故事。这已经超出了作家可以行使的自由——事实上，这是一种对短篇小说的可怕的扭曲。我知道，写阳台的场景就是为了让这个故事更有销路，因为大多数读者都想读到两个主人公的卿卿我我，而不是一个老父亲的絮絮叨叨。而且，如果父亲坦率地承认："我偷听了你们对话，那天晚上，我躲在阳台上的一个大花瓶里，……"这会让我们不喜欢这个父亲。

从情绪上"感受"一个故事

之所以写了三四十页后，就出现严重的停滞，对整个写作计划的感觉也非常糟糕，这可能是因为，作家对那个要通过他的眼睛和情感去讲述整个故事的人缺乏认同。一个有经验的作家写到头两页时，马上就能认识到这一点，或者，在写作开始前的构思阶段，也往往能感觉到这一点——也就是，当他们试图从情绪上感受这个故事时。几年前，我在写一个短篇小说时遇到了这样的问题：一个住在慕尼黑的四十五岁的女人，来到奥地利某个滑雪胜地的一家酒店，想要在几天后自杀。但她远远称不上忧郁，反而散发出一种欢快的气息，外貌给人一种安宁、幸福的感觉，这使得酒店里的男女老少都喜欢她。她已经与自己，也与自己一生的遭遇和解了，虽然她一直非常讨人喜欢，但她对这些人并没有需求——这就是这个故事的主题。而人们之所以被她吸引，就是在于，他们感到这个女人不会在情感上对他们有所索求。

好吧，这个故事我写了两个开头，一个六页，另一个十二页。这两个故事听起来都不够真实。文字看起来很勉强，很不自然，完全没有生命力，最关键的是，我想传达一种生命的感觉、一种热爱生命的感觉，即使是在那个想要轻生的女人身上。我跟一个朋友提到过我对自己有多么愤怒，因为这个故事的主题如此有价值，我却写不出来。我还产生了一些悲观的念头，就是，即使主题是我想出来的，我作为一个作家也无法驾驭它。亨利·詹姆斯或托马斯·曼可以轻易就把它写出来，可是我不行。"我想从酒店里某个正在观察她的人的视角来写。"我说，这并没有给我带来多少希望。这时，我的一个不是作家的朋友，建议我试着从全知视角来写这个故事。

这至少是一个点子。对我来说，"全知"这个词意味着一种客观性。全知的作家就像从远处观察整件事情。我试着重写这个故事，想象自己"保持着一定距离"，尽管事实上我仍然是通过女主角的视角来写的。真正起到帮助作用的，只有"全知"这个词。我不再需要认为我写作时应该置身于主角——这个处于自杀边缘的女人——的内心。我从来没有处于自杀边缘，靠都没靠近过，我毫不怀疑这会对我形成障碍。去想象自杀弃世这个任务对我来说过于艰巨了，要想做到准确的描写需要花费很长时间，付出大量努力。所以我采取了简单的方法，不去解释她的心理状态（正如一位英国外交官所说："绝不道歉，绝不解释。"法国作家波德莱尔也说，一本书中唯一好的部分就是那些被省去的解释）。我只是提到，她的丈夫和儿子还活着，与她完全不同，而且她与他们已经疏远好几年了。

从另一方面来说，我也从来没有想要去谋杀任何人，但我也能写相关内容，也许是因为谋杀往往是一个人的愤怒的延伸，一直延伸到某个他精神错乱或暂时精神错乱的节点。

我写的那个自杀的女人的故事叫《不动声色》①。一个故事三次被选入文集总是令人愉快的，但这个故事从来没有卖掉过。

在作家的初次尝试中，视角的选择不可避免地会受到他的个性的支配：他过着怎样的生活，他在哪里、以何种方式长大，他的私生活细节。显然，对作家来说，首先选择在情感上与他相似的人物的视角，这是比较明智的。多练习几次想象，作家就可以大胆地走进迥异于他的各种人的人格了——农民、年轻女孩、儿童、水手，或是任何几乎与他不一样的人。就像保罗·加里科在他那本《无声的喵喵叫》里，写了一只猫的忏悔，你甚至可以走进一只猫的心里。

某种程度上，许多障碍是在作家的脑中而不是纸上。当他放慢速度或停下来时，其实完全没有意识到问题出在哪里。他常常有一种模模糊糊的感觉，自己在什么地方走偏了，故事不再精彩，不再令人信服，但是又无法确定。在写《讲故事的人》时，当妻子艾丽西亚变得过于疯狂、最终跳下悬崖时，我短暂地有过这种感觉。问题出在，我在书中没有及早做好铺垫，讲明她是那一类可能由于压力而崩溃的人。她最后确实跳下了悬崖，但我必须在前面几页给出合乎逻辑的解释，让人觉得她可以且可能跳下去。这是一个写作中的障碍的简单例子，它会经常以各种形式出现，原因仅仅在于：作家没有为故事后期的情节提前做好铺垫。

---

① 这则短篇小说（*Nothing that Meets the Eye*）后来也是海史密斯一本短篇小说集的书名。

利用感官

对氛围的忽视很难说是一个障碍，但这会使作家在写作的过程中产生一种如履薄冰的感觉，而他却不知道为什么。我想不出什么创造氛围的公式，但既然氛围是通过五种感官中的某一种或全部或第六感而来的，就应该对这些感官加以利用。一座房子闻起来是什么味道，一个房间通常会是什么颜色——橄榄绿、发霉的棕色，或活泼的黄色。还有声音——一个铁皮罐被吹到街上的声音，从另一个房间里传来的某个病弱者的咳嗽声，许多老人的房间里飘着混杂在一起的药味，而最浓烈的往往是樟脑丸的味道。或者，在一个貌似一切顺遂、毫无危险的乡村庄园里，你可能会毫无征兆地感到树木即将往里倒塌、砸毁房屋。

几年前，我拜访了几个我的朋友的朋友，他们住在新奥尔良附近一座两层高的房子里。这座房子非常之新，事实上住在其中的夫妇刚刚完成装修，而且结婚没多久，但我记得当时的感受：楼梯、客厅，还有楼梯上面的大厅，都鬼气森森的。尽管听过那么多有鼻子有眼的鬼故事，但我并不信真的有鬼，所以我就感觉更奇怪了。我没有向任何人提起此事。那种感觉，与其说是会有什么东西沿着还没铺好地毯的新松木楼梯走下来，倒不如说是一种阴郁的、总感觉有什么悲剧即将降临的感觉。我再也没有见过那些人，也没听说关于他们的消息。如果几个月后这对夫妻双双在一场车祸中丧生的话，那确实是很恐怖的。

其他职业

作家应该抓住一切机会去了解他人的职业：他们的工作场所是什么样子的，他们都在聊些什么。对一个作家来说，写完三四本书，就已穷尽自己所知了，此时，要想把故事中的角色的职业写出花样，可说是最难的事情之一了。一个作家一旦全职写作，就没有多少机会去了解新的工作领域。在一个人人都互相认识的小镇上，一个作家要想了解别的职业还会容易一些。一个木匠可能会让他一起去接活。一个律师朋友可能有时会让他坐进自己的办公室，做点笔记。我曾经在圣诞节忙季接过曼哈顿某个百货公司的一份工作。那里的场景非常混乱：细节繁多、声音嘈杂、人头攒动，节奏也相当紧张，而且，还可以在顾客、同事和无比自负的管理层身上观察到一出出小型戏剧在不断上演。我在创作时充分地利用了这个新场景。作家应该抓住每一个出现在生活中的新场景，做好记录，并转化为文字。对最近去过的小镇、城市和国家，甚至是对刚刚走过的街道，都应如此：随便一条处处是灰坑、孩子和野狗的荒废街道，都会激发你的无穷想象，就如同夕阳映射下的苏尼翁①——当地阿波罗神庙的一根大理石柱上，拜伦曾经刻下自己的名字。

①　Sounion，希腊的一处海角，位于雅典南部约 45 英里处，有波塞冬神庙等古迹。

第二稿

我曾经写过一个完整的第二稿，然后是第三稿（我用两层复写纸打字），那就是最终稿了。最近，我的效率高了一些，不用通过重新打印初稿的每一页来创作第二稿了，但我仍然要经过那个被称为"第二稿"的阶段，这个阶段，我的修正稿是没有复印件的。

写第二稿，首先就要通读初稿，就仿佛你是一个从未见过这本书的读者。虽然你不可能完全达到这种状态，但是可以尽力而为。同样，也不要为了润色某个形容词或动词而左思右想，而是要快速阅读，把握文字的节奏，看看它在哪些地方拖沓了，是否不够清晰，某一个或几个角色的性格发展存不存在情感断裂。当你发现诸如此类的缺点时，会受到强烈冲击，就像听到某些大声宣扬的批评会让你战栗一样，所以通常没有必要把它们记在笔记里，但即便做了笔记也无妨，只要笔记不是太长，不会让人离开通读过程太久。简短地记下页码可能就够了。如果初读时有任何句子似乎不必要或多余的，就马上删去，不然稍后还得删。用彩色铅笔划掉一个句子并不需要太长的时间，这会让你对自己的文字保有一种适当的冷漠，不应该把它看得太神圣。

"第六十六页对野餐的倒叙中多加一点细节"，记下这类笔记可能是有用的，因为这种东西你可能会忘记，第二次阅读时也不会注意到。关键在于，你应该弄清这本书在目前的形态下给人的总体印象：主角是否过于死板、强硬、无趣、自私？他是否令人钦佩，如果你希望他受人钦佩的话？读者是否会在意他？

喜欢和在意

对后一个问题要诚实。在意主角与喜欢主角还不一样。所谓在意，指的是主角是否成功逃脱，主角在结尾是否被抓捕归案，不管你是赞成还是反对主角，都对主角有兴趣。正是写作技巧，使得读者关心角色。它必须从作家对角色的在意开始。"完整性"这个相当无聊的词说的差不多就是这个意思。一个高明的雇用作家可能根本不在意角色，但可以通过娴熟的写作技巧，给读者一种他们很在意的错觉，并进一步使读者相信自己也会在意角色。在意某个角色，无论是主角还是反派，都需要投入时间，也需要倾注热情，或者换个更好的说法，倾注热情本身就需要投入时间，也需要花费时间来积累知识，而雇用作家是没有热情可言的。

你应该时不时地想一下画家是如何创作的。如果一位画家正在画一幅肖像画，而且希望画得好，他不会只是草草地画一个椭圆形指代头部，画两个点指代眼睛，诸如此类。他会看清楚，那个要画的保姆的眼睛与其他人有什么不同，还会不辞辛苦地从调色板上选择五六种颜色——白、绿、红、棕、黄——来画头发和身体。作家在描写主要角色的长相和外表时也应抱着与画家同等程度的细心，但他的描写应该简洁（这比详细描写更难），能多简洁就多简洁，同时还要让读者能够记住。

我知道有些作家会持不同看法，他们根本不在意主角的头发是什么颜色，因为这对他们来说并不重要。有那么一个男人，身高适中，黑色头发，对某些人来说就足够了。我前面只是在说，我自己喜欢怎么写。事实上，我最近读到一篇评论，对某本悬疑小说赞不绝口，书中只字未提角色的外貌与背景。这些角色是什么样的人，完全通过行动来表现。几天后，我又读到了对同一本书的另一篇评论，一句好评也没有，而且坚持认为人与人就是不同的，而且背景也确实各不相同，如果不考虑这些事实，就无法写出一本好书。双方就此激烈地进行了一场小型论战。

从润色中获益

当我读完一份手稿的初稿时，可能已经列出五个需要注意的地方——文笔拙劣、章节过于简短、观点不够凸显——以及一份心理清单，列出诸如"当他去拜访老姑妈时，非常无聊"的感受。我认为，把某个章节写得无聊是一个可怕的错误，它不会被遗忘。除非我今天情绪上已经筋疲力尽——阅读自己的手稿可能会让我情绪上筋疲力尽——那么应该首先解决最大的问题。当这个问题被解决了，我就开始感觉好些了。然而，大问题有时需要几天的时间来纠正，特别是如果我必须想出一个新的点子。在此期间，一定会有相当多的重新打字的工作。如果我的某一页最终充满改掉的单词、增加的句子，等等，我就会为了页面整洁而重打。尽管我还能读懂它，但我可能是世界上唯一能读懂的那个人，而且要读懂还并不容易。

我并不吝惜将邋遢的页面重新打出来的时间。我在创作第二稿的过程中也在不断打磨，在打字的过程中，还会润色那些我当初提笔修改初稿时没有用心去改进的词句。就算是稿件送交出版社之前的最后一刻，一个作家也可以从润色中获益。如果稿件被接受了，在交给印刷厂之前，他依然可以从润色中获益。诗人们永远在不停地润色，我听说有些诗人的书都印出来了还在修改，他们是对待文字最为细致的人。

任何时候，你都应该把"清晰"放在一个比较重要的位置。它也是形成好的文风的最佳指引。对一本悬疑作品，清晰是至关重要的。在阅读初稿时，应该把模糊的句子写得清晰，如果初读时觉得这样太花时间，就在空白处记下"不清晰"，这样就可以回头再来处理。

我经常发现，删去某一章结尾处的一两个句子会更好，这些句子也许是我费尽心思写出来的，因为我认为这一章有了这几句才算圆满结束。举一个这方面的例子："于是他心灰意冷地走出了屋子。他来这里要找的东西，他已经了解了。"读者如果读过前一章，就会知道他对要找的东西已经了解了，而且，这个角色如果不住在那里或者有自己的家的话，可以设想他会走出屋子，或者说，他本来迟早会走出来。

如果你在校读一两次后删去了大量内容，可能想要重新对页码编号，需要估算每页大约会缩短多少。这是很重要的，如果你想写到一定页数的话，因为某家出版社定下了一个数字，不可以再多了。出版商对长篇小说是很有顾虑的，因为生产成本增加会抬高书的零售价格，从而减少销量。其他出版商则无法接受篇幅很短的书。因此，如果你想投稿给出平装本出版社，最好对篇幅长短有一个明确目标，如果想投稿给出精装本的出版社，可能需要不同的篇幅。大多数作家喜欢用字数来表示篇幅，例如，六万字是两百四十页，因为平均每打字四页就有一千字，而手写的一页，篇幅大约等于印刷的一页。如果你瞄准了某个特定的市场，最好从一开始就把篇幅确定下来。

修　订

在第二稿中，一个作家会做出自己所知的全部修改、润色，最后打字录入时，可能又会抹平一些粗糙的地方。从定义上来看，这些都算是修改，但我所说的修改，是由别人提出的——编辑，有时是经纪人。如果编辑说有什么地方不清晰——即使是你为了让它更清晰一点已经写了不止两遍的东西，那么你也应该试着写得更清晰。如果它对编辑来说不清晰，对读者来说可能也会不清晰。

警察的部分

通常情况下，出版社的编辑会批评"对警察不确切的描写"。要么警察实在太傻，要么他们在一定程度上足够聪明，却没有追踪一条明显的线索——当然，这是一条会让主角被抓到的线索，而这也许恰恰是你不想看到的。这些都是不怎么费脑子的谜题，你必须回家，掏出纸笔，要么涂鸦，要么从书中抄下事实，看看如何将它们拼贴起来，好适应你的故事。也许应该给警察安排一条不太明显的线索。也许有必要，带着不同的问题，去当地的警察局，询问他们在某些情况下的程序。

　　有人因《弥天大错》中警察粗暴的行为对我提出质疑，而《时尚》杂志是否会买下它、对其进行缩写，取决于我所写的东西是否具有真实性。早些时候，我曾与得克萨斯州沃斯堡市凶杀组的一名警探谈过这个问题，因为我在得克萨斯州写了本书的大部分内容。我问警察是否会使用武力，例如挥动拳头和警棍，我也告诉了他，我书中所写的警察使用的暴力到了一个什么程度。他认可我写的东西，并笑着说："如果我们抓到一个有着充分理由认为有罪的人，会毫不犹豫地痛打他。"我当时住在格林威治村，有人介绍我去了曼哈顿下城的一个警察局，我再次向那儿的一位警官提问。我把自己写的东西和他说了，他也认为情况属实，我得以告诉《时尚》的编辑，这篇故事已经得到官方认可。

　　我在写《甜美的恶心》中的警察时，遇到了困难。在第一百八十页左右，主人公把自己的物品装在手提箱和纸盒里，上面贴着他的名字"凯尔西"，然而，他一直以"诺伊梅斯特"这个身份住在那幢房子里，这些物品也一定将会被人从那所房子里找到。"诺伊梅斯特"近乎隐居于这所乡间住宅里，镇上的居民和生意人都不知道他的姓名，但是，他如果不想让大家知道诺伊梅斯特和凯尔西就是同一个人，他这种行为依然危险。之后，警察立即开始寻找"诺伊梅斯特"（但不是因为写着姓名的手提箱），他们曾经和他说过话，却怎么也找不到他了。凯尔西已经放弃了诺伊梅斯特这个名字，在另一个城市又变成了大卫·凯尔西。这是书稿中的一个沉闷的桥段，出版商希望我重写。我重写之后，他们很满意，我自己也很满意，虽然我的法国出版商感到不满，他们退回了书稿，说书里的警察太蠢了。我又重写了手提箱这一部分，使它更加合理，法国出版商随后也接受了。这部小说在美国以同样的形式出版。希区柯克为他长度一小时左右的电视剧剧场 ① 买下了这个故事，将这集改名为《安娜贝尔》，这是凯尔西所爱的女孩的名字。

　　1977 年，法国导演克劳德·米勒将《甜美的恶心》拍成了电影，取名为《告诉她我爱她》②，由杰拉尔·德帕迪约扮演大卫·凯尔西。德帕迪约的粗犷为影片的成功做出了很大贡献，尽管他的体格恰好犹如摔跤手一般壮硕，而不是我设想的凯尔西。电影中的对话比我写的更接地气，如凯尔西的熟人们对他的苦行僧式生活的嘲弄，又如性方面更直白的表示。记者们经常问："你对由你的小说改编的电影作何评价？"这是个大问题，因为这样的电影现在有半打了。我对这个问题的回答是："作为电影，它是否成功？"我认为最成功的电

① 此处应指阿尔弗雷德·希区柯克剧场（*Alfred Hitchcock Presents*），美国电视剧系列，由阿尔弗雷德·希区柯克创建，希区柯克本人导演了 17 集，并在片头之后带着幽默色彩介绍当集的剧情。剧集于 1955 年至 1965 年间在 CBS 和 NBC 播出，以戏剧、惊悚和神秘为特色。节目一开始单集时长为 25 分钟，1961 年起改成单集 50 分钟，节目亦改名为 The Alfred Hitchcock Hour。

② 原标题为 *Dites-Lui que Je l'Aime*。

影是《列车上的陌生人》，这部电影现在已成经典，希区柯克
不允许它再被翻拍；《怒海沉尸》，改编自我的"雷普利系列"
第一部《天才雷普利》；还有《美国朋友》，改编自"雷普利
系列"第三部《雷普利游戏》。

在侦探、悬疑小说家需要进行的所有修改中，关于警方
流程的修改是最困难的，因为涉及技术性问题，有时还要兼
顾情节，总是让人伤脑筋。

我写小说《讲故事的人》时，我的编辑让我重写主人公
强行给他死去的妻子的情人灌下安眠药的场景。起初我让蒂
尔伯里过于轻松地把药咽下去了；他必须表现出更多的反抗，
尽管他没什么继续活下去的意愿。

对初学写作者来说，一个典型的修改难题，是编辑要求
从书稿中完全删去某个人物——有时甚至是两个人物。他们
经常是些次要角色，却很可能是作家的最爱，作家在描写他
们时花了很多心思，在他们的行为和反应上也耗去不少篇幅。
这些角色的问题是，他们不能推动情节的发展，而悬疑小说
几乎无法容纳这样的人物，尽管作者会感觉这些角色能改变
故事的节奏。删除这类角色还意味着要小心翼翼地删除全书
中所有提及他们的部分。

就算你把这些都删了，通常还会需要删掉其他更多的东
西。删改会变得越来越痛苦，越来越困难。最后，你实在找
不到有哪个句子可以再删去，这个时候你就得说了："还有整
整四页一定得从这玩意儿里去掉。"然后再从第一页从头开

始，也许要拿上一支不同颜色的铅笔或蜡笔，这样重新算数字更方便，而且，你要尽量冷酷无情，就像把多余的行李甚至燃料从超载的飞机上扔出去一样。

出版商通常会要求一个作家阅读他的书稿的校样。这些样稿都很窄，有一码长，捧起来很困难，躺在床上读是最轻松的。作者可以在校样上做出一定数量的修改，这个数字往往还是相当慷慨的；一旦超过这个限度，出版商就会向作家收费。除非你特别忍不住，想要改动某处，或者做出许多细小的改动，否则没有必要给账单增负。新手作家常犯的一个错误，就是没有在看校样时完成所有修改，等样稿以一种显然无法更改的形式出现时，他们又想改了。

一本小说的案例史：《玻璃牢房》

由于我已经谈了很多关于悬疑小说的故事创意的性质、起源和展开，我想，在这里讨论我自己的一部悬疑小说《玻璃牢房》，可能会起到帮助作用。《玻璃牢房》的灵感并非来自于任何具体的故事构思，而仅仅是出于写这样一本书的愿望——这也许是写书的一个不错的理由。

一个点子的萌芽

1961年，我收到一封信，来自某个关在美国中西部监狱里的人。他三十六岁，因伪造文书、非法侵入和违反假释规定的罪行被关押。这是他第三次犯罪，他给我写信的时候，还有三年刑期。这些细节我随后才知道，但他读过我写的那本《深水》（我觉得监狱图书馆不应该有我的书），他作为粉丝给我写了一封信，说自己想要做一个作家。于是，我们开始通信。在一封信中，我要求他写《我的一天》，从他醒来（或被唤醒）一直写到熄灯。他寄回三页有趣的打印稿，我至今仍珍藏着。稿子里写了他与狱友之间嘻嘻哈哈但并不真正友好的关系，写了他在鞋厂的工作，他负责将鞋跟与鞋底钉在一起，写了他早餐、午餐和晚餐吃了什么，写了晚上九点半熄灯后牢房里的声音。

几个月后，也许是因为我的囚犯笔友，我读了一本关于罪犯的非虚构作品。书中讲了一个蒙冤入狱的工程师的故事，这个人曾经被虐待狂的看守虐待，拇指绑着整个人被吊起来，之后，因为大拇指一直很疼，他成了一个吗啡瘾君子。这位工程师的妻子一直对他保持忠贞（这实在很少见），但他对自己的毒瘾感到非常羞愧，获释之后，他没能与妻子和家人团聚，而是去了另一个城市，找了一份工作，再寄钱回家。这里有一部分现成的故事。但主要的是，我感到一种渴望，想写监狱的气氛。首先，这对我的想象力是个挑战，即使是男人也很难做好这项工作，而且，男人至少可以进入监狱开展研究，而女人就被挡在了牢房的栏杆外面。我有一个优势，就是认识一个美国刑事律师，他的客户中有很多罪犯。他不能让我越过铁栅，但至少我可以在外面的大厅里等着，看囚犯们自由地进出牢房，而牢房的门是开着的（这是下午的放风时间，在车间强迫劳动结束后，早晚餐之前），我观察了他们大约四十分钟。另一个信源是一本优秀的非虚构作品，名叫《打破围墙》，作者是约翰·巴特洛·马丁。

我开始构思一个故事。我的主人公菲利普·卡特，在书的开篇时已经在监狱里待了九十天——由于司法不公，他遭到了监禁。书的前期会写到他的大拇指被吊起来，也许是在第八页，这件事来得这么快，是因为卡特对充斥着监狱的严苛的不成文规定一无所知，他习惯性地违反了这些规定。他的漂亮妻子黑兹尔定期来探望他，并给他写信。她想尽一切办法把他弄出来，但都无济于事。我设想这本书的前半部分是在监狱里，后半部分是在监狱外，而后半部分将展示一个在监狱里与所谓的"坏伙伴"相处六年的人，性格和行为会受到什么影响。我不想让卡特出狱之后，与他的妻子和小儿子分开生活。我隐约看到，卡特可能会有一个情敌和他争夺妻子的爱，这个情敌是他们家的朋友，表面上也是一个律师，试图帮助卡特出狱。

这个点子的萌芽就这么多，没有一个是独特的，都是理智的推演，不是出于某种情感。故事的第一部分甚至不是原创的，而是取自那位被冤枉的工程师的真实故事。

展　开

这个故事的要素应该有：司法不公；妻子对另一个男人的感情的威胁；吗啡上瘾的威胁，以及因此可能失去妻子和出狱后谋得的工作；在监狱中接触残暴行为的有害影响，以及这如何导致了出狱后的反社会行为。因此，故事的展开是将这些元素以戏剧性的形式排列起来。

要想让菲利普·卡特在故事开头就陷入困境，他就必须是一个有点随和的、过度信任别人的人。他曾在一个建筑项目的水泥、砖头和大梁的交货收据上签字，之所以如此，是因为无人方便签字，而且是一个奸诈的承包商让他签字。承包商将优质材料替换成劣质材料，交付上去，中间的差价塞入自己囊中。当承包商在工作中意外死亡，而建筑成品的粗劣曝光之后，必须有人承担责任，而卡特就是这个人，有太多收据上写着他的名字。

卡特的妻子黑兹尔非常漂亮，也很虚荣，年轻律师大卫·沙利文的奉承和关注让她很受用——他是这个家庭的朋友。我必须赋予沙利文以黑兹尔特别欣赏的品质——谨慎、有礼貌和有品位——以使（读者）咽下这粒背叛的药丸，因为黑兹尔确实与他有过一段感情。这就为卡特谋杀沙利文埋下了情感的伏笔，这不是一起有预谋的谋杀，而是因为突如其来的愤怒而犯下的谋杀。无论如何，这仍然是一起谋杀案，并且引出了另外一个要素，即监狱生活可以使一个人变得残暴，既可能让他杀人，也可能让他犯下各种罪行。

谁才是那个建筑项目欺诈的罪魁祸首，这个谜团最终不得不被澄清。当局在卡特的银行账户没有找到那一大笔钱，而死去的承包商的账户中也没有，因为他已经很好地隐匿了一切痕迹。但是，尽管写到这些，我也并没有明示钱到底在哪里。因此，在本书的后半部分，当卡特出狱时，建筑项目中的某个人或某些人必须出现。我创造了格雷戈里·高维尔，一个承包公司的三流副总裁，这个人曾在监狱里探望过卡特几次，但卡特并不信任他。高维尔收到了那笔被挪用的款项的一部分，但他最后透露，是公司总裁拿走了大部分的钱，而奸诈的承包商拿走了剩下的钱。高维尔作为一个人物为我发挥了三种功能：向卡特传递坏消息的信使、资金的挪用者和知道资金真相的人以及本书后半部分的犯罪行为的煽动者。如果可能的话，把这三个要件结合在一个人身上，比把它们分散在三个不同的人物身上更好。

从他第一次探监开始，高维尔就在卡特的脑中留下了这样的印象：黑兹尔和沙利文见面太频繁了，而且沙利文爱上了她。卡特不知道该相信多少，但这让他在监狱里担心不已，整整六年。还有什么比黑兹尔厌倦了在（监狱附近的）南方小镇焦虑不安的生活、事隔两年后搬回她的家乡纽约更自然的事情？沙利文跟着她，在纽约一家律师事务所谋得了职位。当卡特出狱并在纽约与他的妻子团聚时，沙利文仍然"只是一个好朋友"，但高维尔在卡特的身边，刺激了他的想象，并为他提供了黑兹尔在本应工作的时间与沙利文会面的照片和笔记。

高维尔憎恨沙利文，因为沙利文一直试图把建筑欺诈的责任推给他，却没有成功。高维尔想狠狠地刺激卡特，让他杀死沙利文。卡特知道高维尔的动机，感到十分好笑，并不打算答应他。但高维尔的怂恿有了效果。

我打算让卡特犯下一项重罪，比如谋杀。与此同时，也许是因为卡特在监狱里经历得实在太多，我想把他出狱后犯下的谋杀罪洗白。可以说，这是一种双重的司法误判。我希望他能通过某种奇遇来获得自由。

在翻阅我的笔记本时，我被写到那把流动钥匙的部分逗乐了，这大概是整个监狱的钥匙，或者至少是某扇重要的牢门的钥匙。这把钥匙似乎已经在囚犯之间自由流通了。我想，这是一个卡夫卡式的符号。它没有被使用过，至少没有被用于大规模越狱。我写这本书的时候，不曾提到这把钥匙。也许取代它的是一条名叫"锁孔"的小狗。

"锁孔"是一条混进了猎狐㹴血统的杂种狗，一个监狱卡车司机把它偷偷带进了监狱的洗衣房。几个月来，这条狗一直生活在洗衣房，喜爱它的囚犯从自己那个烂摊子里把食物带出来喂他，每当有警卫接近时，它就躲藏起来，只有在洗衣房工作的六七十个人知道。有一天，一名囚犯因为不想让看守发现这条狗，匆忙中踩到了这条狗，狗大叫一声，被人听到了，随后被送到收容所。监狱里爆发了不满情绪，狗的存在的消息在六千名囚犯中突然传开。两天后，发生了一场骚乱——确切地说，并不单只是因为狗，而是因为整体上的恶劣条件：狗被没收只是引发了这场骚乱。在这次骚乱中，卡特唯一的伙伴麦克斯被无情地杀害。卡特因此更加痛苦，在剩下四年刑期内，他再也没有遇到任何自己认为可以交心的人。这就是这条狗的功用。

情节设计

在故事展开的问题上铺陈了这么多，也就是说，决定了我想在其中加入哪些元素和基本事件之后，情节设计的首要问题就是如何安排它们。书中有多少篇幅是关于卡特的服刑生活的（在此期间，我们从未看到黑兹尔在监狱外面的生活，她只和卡特写信谈及此事），何时让卡特证实了他对妻子不忠的怀疑，何时让卡特谋杀沙利文。其次的问题是，如何将高维尔卷入这一切，并且以某种方式通过高维尔让卡特奇迹般洗脱谋杀沙利文的罪名。

　　我设想的监狱情节的篇幅应该不超过全书的一半。卡特在书的五分之三处知道妻子曾与沙利文有染，而且关系维持至今。但卡特控制住了脾气，没有发作。卡特迟迟不向沙利文报复，高维尔渐渐不耐烦，于是雇了一个杀手，希望把沙利文干掉，再嫁祸于卡特。这名凶手名叫奥布莱恩，卡特在高维尔的公寓里与他短暂见过一面。碰巧，卡特来找沙利文谈话，要求后者结束与前者妻子的婚外情，就在奥布莱恩受沙利文指使去杀卡特的那天晚上。沙利文从楼上给卡特打开了门禁，卡特进入沙利文那间小小的公寓时，已经是晚上六点了，卡特差点被一个冲下楼梯的人撞倒。沙利文极为惊恐，他告诉卡特，自己的命是卡特救下来的，因为一个陌生人按了他的门铃，正打算攻击他。卡特突然对沙利文的懦弱和虚伪感到反感，随手拿起手边一把能找到的东西———一座希腊大理石雕像的碎块———打了沙利文。卡特离开了沙利文的公寓，在和平常差不多的时间内到了家，夜晚照常继续，直到晚上十点警察打来电话。警察有兴趣和黑兹尔谈话，因为他们得知她是沙利文的亲密朋友。在询问过程中，警察发现，黑兹尔和沙利文的关系并非朋友这么简单。这使他们对卡特产生了怀疑，他们认为卡特一定对沙利文心怀不满。

接下来，合乎逻辑甚至不合逻辑的发展，会是什么？那个被雇来的杀手奥布莱恩，他接到的任务失败了。奥布莱恩是否已经得到了高维尔的酬金？奥布莱恩是否认为，或者担心，卡特在他从沙利文家楼梯上冲下来时认出了他？如果奥布莱恩得到了报酬，他是个幸运的人。如果他想使坏的话——我们推测他会使坏的，否则他不会接这样的工作——他会收下酬金，不向高维尔透露任何情况。如果奥布莱恩没有得到报酬，他可以径直讨要，大概也会到手。这一切都是我的推断，因为整本书只是站在卡特的视角上，因此，卡特也好，读者也罢，都不知道高维尔与奥布莱恩之间发生了什么。是卡特得出了结论，奥布莱恩是高维尔雇来的。

我们不妨假设一下，奥布莱恩还没有拿到酬金，就在他收钱之前，卡特就被视作嫌疑人，进入了警方的视线。另外，在警察传唤黑兹尔和卡特的当晚，他们还传唤了高维尔，因为黑兹尔已经把高维尔的名字告诉他们了，说他是沙利文的"敌人"。自此以后，高维尔和他的金钱交易将受到密切监视，高维尔也知道这一点。

警方传唤了高维尔、卡特和奥布莱恩——之所以有奥布莱恩，是因为他是高维尔的一个难缠的朋友，而且，希腊大理石雕像上的指纹碎片既有可能是他的，也有可能是卡特的。

他们都接受了测谎，卡特和奥布莱恩都很顺利地通过了测试。而整个面谈的结果对警察来说毫无所获。

奥布莱恩给卡特打了电话，冷冷地要求他下周五晚上出现在曼哈顿西区市中心的某个街角，带着五千美元现金。"否则的话，卡特先生，你知道否则会怎么样。"然后，奥布莱恩挂断了电话。卡特已经预料到了这一点。奥布莱恩威胁要告诉警察，他看到卡特在谋杀当晚进入沙利文的房子。奥布莱恩完全可以说："好吧，有人雇我去揍一顿沙利文，但卡特抢先一步杀了他。"无论高维尔有没有付给奥布莱恩报酬，他都想要轻松地从卡特手上拿走五千美元。

卡特当即决定，一丁点钱都不给奥布莱恩。但是，如果卡特星期五晚上没有到场，他担心奥布莱恩会把整件事情告诉警察，而且警察会信以为真。卡特身上犯有前科，本就受人怀疑。如果奥布莱恩把他的事情说了出来，卡特觉得，他的婚姻、工作和生活就全完了。

然而，他要是能够杀死奥布莱恩且逃脱惩罚呢？卡特得出一个结论，这是自己唯一的出路。他在监狱里学了一点柔道和空手道。他打算好好利用。

周五晚上，卡特遵守了约定。他劝说奥布莱恩走到一条稍暗的街上，狠狠地揍了奥布莱恩一顿，然后扔下了他，先后坐了两趟出租车，来到高维尔的长岛公寓。

高维尔见到卡特时很惊讶，但表示欢迎。高维尔才在当地一家酒吧混了一个晚上。这至少是卡特第四次到高维尔的公寓来了。他们远不是什么亲密好友;事实上,他们是敌人,但他们对彼此都有一种奇特的好感。高维尔痛骂卡特,说他知道是卡特杀了沙利文。卡特脾气很好,只是笑了一下。但是从高维尔过去的说话腔调,还有今天晚上这个腔调来看,卡特知道,高维尔在撒谎,而且高维尔确信是奥布莱恩干的。卡特采取了"正确"的做法,干掉了除他自己之外唯一知道真相的人。今晚卡特之所以来这里,主要是为了给自己制造当晚的不在场证明,当他们俩坐在一起喝酒的时候,两人之间弥漫着一种貌似平静的不安情绪。午夜时分,电话铃响了:警察发现了奥布莱恩的尸体,高维尔对此知道些什么呢?警察正在过来找他谈谈的路上。

这是本书结尾前二十页之内的内容。在警察到来之前,卡特迅速与高维尔聊了一下。

高维尔已经猜到是卡特杀了奥布莱恩,至于为什么?那就是因为勒索。个中原因高维尔是清楚的。作为回击,卡特提议:他和高维尔告诉警察,他们在高维尔之前待的那个酒吧里一起度过了一个晚上,他们得为彼此提供不在场证明,否则的话,卡特就会告诉警察,高维尔曾经雇用奥布莱恩去杀沙利文。高维尔明白了卡特的意思,等警察来了,两个人都坚持说,整个晚上,他们是一起过的。

在接下来的日日夜夜里,就算他们被分别审问,而且警察拿出了他们难以说明的事实时,他们都一口咬定。卡特并不完全确定他的妻子黑兹尔会相信什么,但是,不管是她来监狱看望卡特时，还是卡特被释放时，很明显，她已经猜到了真相，并且原谅了卡特的所作所为。黑兹尔和卡特是相爱的，尽管卡特让她和自己都经历了种种磨难，尽管黑兹尔对卡特不忠。就他们的婚姻维系的角度来看，整个故事是以欢乐的调子告终。而从卡特的性格来看，这是一个令人沮丧和压抑的故事，因为它极好地说明了，监禁对人格的损害有多么大。

这个故事缩写这么干瘪，我对此表示道歉。我没有提到卡特的儿子蒂米。卡特释放出狱的时候，他已经十二岁了。在这个故事里，可以通过描写这些事件对一个小孩子的影响、孩子对他的罪犯父亲的反应、孩子的同学对他的态度，这里面有很大的创作空间。这对孩子来说是可怕的，令人感到困惑，但如果孩子能像蒂米最后做的那样，喜欢并接受他的父亲，那么有些事情就已经成功了。

初　稿

这本书初稿的故事线与我总结的有些不同，它被哈珀与罗出版公司拒稿了。无论第一个版本还是第二个版本，我至少犯了本书前面谈到的一个错误。我打算让监狱部分占全书的一半，监狱外的部分占另一半。我被监狱的细节和事件冲昏了头脑，很快就写了近两百页的内容。它本不应该超过一百二十页的。一个比我更为高效的作家会省下写这额外八十页的时间和精力。

　　开头写监狱部分时，进展非常顺利。整个监狱部分与《玻璃牢房》出版时的内容基本相同。在第一个版本中，我对卡特谋杀沙利文及其后果的处理方式有所不同。

　　似乎我的处理太固执了（这是个糟糕的点子）：我让卡特按了沙利文的门铃，发现没人应门，但是楼下还有沙利文的公寓的门，都没有关上。楼下的门可能会这样，如果有人没把门关紧的话；而公寓的门就不可能是开着的了，每个纽约人都知道，除非有人没把门关紧（里面的凶手不会这样做），或者锁里的按钮被按下去，导致门没有关上（凶手也几乎不会这样做）。卡特进入公寓，发现沙利文死在床上，血从一处崭新的伤口里往外流。卡特害怕被指为凶手，不敢报警。他在离开公寓时，听到轻微的响声，像是谁的鞋子在踢客厅里那个壁橱紧闭着的门。卡特打开壁橱，看到一个男人，一个金发男人，站在里面，脸上带着惊恐的表情，手里拿着一个装了一半威士忌的酒杯。这个男人试图冲出壁橱逃跑，但卡特与他缠斗在了一起，威士忌被打翻了——这一事件的结尾是，卡特向警方讲了这个故事，但是没人相信他。

　　那个金发男人去了哪里？他是谁？酒杯打翻之后，酒在地毯哪里了？（那个金发男子可以把酒擦干净，这样地毯就有时间晾干了）。因为大拇指依然疼痛，卡特已经习惯于吸食软性毒品了。在监狱里时，他几乎使用吗啡成瘾。他被怀疑产生了幻觉，因此杀害了沙利文。卡特说，自己是在恐慌之中跑出公寓的，连他的妻子都不相信他。金发男子当然是高维尔雇来的杀手，但在那个决定性的一晚之前，卡特从未见过他。对卡特来说，接下来是一段非常棘手的时光，他丢了工作，实际上也失去了妻子对他的忠诚，而那个金发男子却再也找不到了。高维尔把金发男人杀了，但我们不知道，直到金发男人的尸体在宾夕法尼亚州某间警察局的停尸房出现，并被卡特确认——他为事情的转机感到开心，因为金发男人的尸体为他洗清了罪名。这大概也算是一个喜剧收尾。

我不仅在第一稿里写了这个，在打磨后的第二稿里也写了这个。书稿被哈珀与罗出版公司退回了，这还挺对的。卡特是一个被动、自怜、软弱、相当愚蠢的男主角。我们对这个金发男子的了解并没有对第二个版本中雇用杀手奥布莱恩的了解那样多，虽然他们其实都不是什么重要的角色，但对他们的存在、工作、态度多加一点描写，就会让他们对读者而言变得非常有趣。

既然我手上已经收到一份退稿信，除非我改写主角、故事，还有整本书的后半部分，否则的话，它是不会被哈珀与罗出版公司接受的，或许不会被任何出版社接受。我觉得这个故事还不错，或许还可以做得更好。如果你有了这样的想法，哪怕只有一丁点想法，最好还是把它重写。

障　碍

前面我曾经讨论过《玻璃牢房》的初稿，它遇到的不止是一点麻烦，最后演变成了一场灾难。这是因为，我顽固地坚持自己设想的一个场景，一个我认为会很好的场景——谋杀案发生几分钟后，卡特在沙利文公寓的一个壁橱里，意外地发现了那个谋杀沙利文的人。我或许已经意识到了，除非卡特之后采取一些漂亮、有力的行动，否则他在故事中所扮演的角色将是非常被动的。一个被动的主角是很无聊的（除非你故意把他们变得滑稽可笑），身边的各种人、各种事件一直在撞击着他们，而他们却几乎静止不动。除了寻找他看到的那个金发男子，卡特没有采取任何更有力的行动，他也没有踏过街道、穿越丛林来找到那个男子，他只是一直与警察保持着联系。这是不够的，我不得不改写这个故事，让卡特变成一个更为活跃的主角。

　　我让卡特杀了沙利文，有鉴于我想让读者在书的结尾"站在卡特那边"，我让卡特经历了虽然可怕、然而很有趣的打击。看评论的话，绝大部分读者都认可我是成功的。只有一个评论者（英国人）直截了当地说，他对卡特以眼还眼的思维方式感到厌恶，其余评论者承认，至少默认，牢狱经历可以将一个体面的人变得铁石心肠。在书快要结尾时，我不可避免地遇到了障碍，我想不出如何让卡特在杀死勒索自己的奥布莱恩后逍遥法外，并确保他最好能够"永久"逍遥法外，尽管警察会一直把卡特留在嫌疑人名单上。

　　在这类情境之下，你经常要把各种困境衔接起来，让它们彼此吻合，并最终锁定起来。如果有必要的话，可以为主角或其他人物编造另一种罪行。在《玻璃牢房》的案例中，我让高维尔犯了一条不太严重的罪行，即雇用杀手。高维尔不想为此被归罪。因此，他和卡特都有罪，同意为对方做不在场证明。这种锁定情况也出现在《列车上的陌生人》中。通过交换彼此要杀的人，盖伊和布鲁诺为对方提供了真正的不在场证明：当谋杀案发生时，每个凶手都在自己最初打算杀死的受害者的现场的千里之外，而且有证据可以证明这一点。其中最重要的是，谋杀者永远不会再见到对方，因为不能让人知道他们曾经见过面或者认识对方。这个简单的点子在现实生活中没有被更多地使用真的是个奇迹，不过这也说不定，毕竟据说破获的谋杀案只有百分之十一。

第二稿

为了实际的目的——把一本书卖给出版社，这里我将要讨论《玻璃牢房》第二个版本的第二稿，这本书最终得以出版。

此书发生在监狱里的前半部分，我有大量的删减工作要做，其中许多内容让我感到痛苦，因为我觉得这些都很有意思（事实上，我的删减量并不足以满足我的编辑的要求，后来不得不删了更多，只剩一百零五页）。我删去的绝大部分内容都是结结实实的描述性段落，不涉及各类人物。

书中有一个沉闷的阶段，就是卡特出狱后，渐渐地适应

（或努力适应）平民生活，并开始寻找工作。这一部分唯一的活跃因素是他的找工作。我花了太多时间来描述以下过程：他从监狱坐公共汽车去了城里，然后飞往纽约，到了纽约之后，他在机场受到黑兹尔和蒂米的欢迎，当晚在黑兹尔布置的令人愉快的公寓里晚餐，卡特以前从未来过这儿。

这一章节唯一重要的事情是，沙利文也在机场欢迎卡特，黑兹尔邀请他当晚大家一起吃饭，沙利文拒绝了她。卡特感到一阵嫉妒和怀疑，这种感觉并没有因为他当晚在卧室里发现沙利文的几本法律书而削弱。这些描写具有重要的情感意义，毕竟小说就是一种关乎情感的事物。这些内容原本有十二页，被删减到了五页。但是，这个沉闷的阶段还没有结束。在随后的几页中，我不得不删掉更多内容，其中包括卡特看到广告后去应聘工程师的职位。直到高维尔"偶然"出现在卡特家门前的街道上，并再次给卡特灌输他的妻子与沙利文的情事，这才算是真正发生了什么。在这一阶段的各种老套事件之中，只有这次行动真正推动了情节发展。

在第二个版本中，卡特是一个比第一个版本更强大的人物，我正面处理了他与黑兹尔的关系这一微妙而重要的问题。卡特深爱着她，尽管知道她有外遇。黑兹尔也爱卡特，她对沙利文投入的感情并不深，谈不上是真爱。沙利文和她已经有了六年亲密关系，而这段时间卡特都在监狱里。沙利文既是黑兹尔的朋友、顾问，也是她的情人，他的存在，使她在漫长而压抑的岁月中得以振作。沙利文和男孩蒂米彼此也非常喜欢。黑兹尔和沙利文之间的私情并不是那种靠不住的玩意儿。可与此同时，黑兹尔也很难向卡特宣扬她有多爱沙利文，因为她还想维持自己与卡特的婚姻。生活迫使着她，或者说赋予了她能力，让她去爱两个人。

这是很难用语言表达的；黑兹尔没有说出口，但是这些肯定都被她暗示出来了。卡特和黑兹尔围绕这个问题进行了两三次关键性对话，但不幸的是，问题没有得到解决，因为黑兹尔没有真正承诺"放弃"沙利文。我认为，这些对话必须在第一稿中好好写，因为事后修补是很难的。在阅读这类对话时，你可能会发现它们要么虚假，要么很粗糙、含糊，要么太过微妙，以至于读者无法真正读懂你究竟在写什么。在这种情况下，最好把这几页废弃，重新再写。在《玻璃牢房》的第二稿中，我没有对故事进行任何修改，但对后半部分的大部分内容进行了重写，浓缩了对话和行动——例如，在沙利文谋杀案发生后，卡特为自己、黑兹尔和蒂米在新英格兰安排了一个星期的假期，以便让他们俩摆脱纽约的警察询问，也远离朋友们的猜疑。这一周的假期没有发生任何事情，只是黑兹尔面对卡特时一种冷静和等待的态度，她怀疑卡特犯了罪。这些内容一页之内写完即可，它就只有这么长。

这个时候，我是必须再次通读全书了，包括重新打印的页面、修改后变得更清晰的段落、剪裁的内容，看看它读起来如何。新的错误可能跳入眼中。重写、澄清、剪裁和强调的过程必须重新开始，并加上新的注释。有一点值得安慰的是：每次要做的事情都比之前更少。

修订稿

对《玻璃牢房》的修改并不很多，毕竟那个时候，如果算上被退稿的第一个版本，我已经重写三四次了，我的编辑要求我再次核对，医院用于止痛的吗啡，平均剂量是多少，以及吸毒者服用的剂量又是多少。这一点必须是准确的，所以，尽管我认为我已经很准确了，我还是去查了图书馆的医学参考书籍。为了安全起见，我最终减少了卡特在监狱里每天使用的吗啡的剂量。编辑还要求我降低卡特在"南方承包公司"的工资，降低他在纽约的工资，并减少他从一位姨妈留下的遗产中得到的收入。我不知道为什么我把这些数额写得太高了，因为我通常都会写得太低。我在这里提到这些，只是举例说明，编辑可能会要求你做什么。争执是不明智的，因为编辑可能比你更了解情况，而且他已经和出版社的其他同事讨论过这个问题了。令人惊讶的是，就是因为这些琐碎的要求，或是因为被迫从书中删除一个角色，许多新入行的作家会非常愤怒。有时他们一气之下会辞掉经纪人，或从出版社撤回稿件。而很多时候，他们又不得不腆着脸回来。作家的生活绝对有很多地方要显示自己的骄傲，比这些地方更困难、更重要。

这不是我第一本被拒绝的书。另一本是《一月的两张脸》，它的第一个版本相当混乱（不是我前面描述的那个版本），在被拒绝的同时还收到了哈珀与罗出版公司的评论："一本书可以容纳一个甚至两个变态，但不能容纳三个这样的人做主角。"我先将这本书放在一边，写完了另一本书，那本书被接受了，然后我回到《一月的两张脸》，重新写了一遍，但没有参考第一稿，因为我完全改变了情节、妻子的年龄和性格，以及年轻主角的性格——除了克诺索斯宫的布局外，一切都改变了；第一稿的内容我只用了四分之三页。雅典那家发霉的老旅馆的魅力，以及年轻人对自己邂逅的、与他父亲相似的一位陌生人的迷恋（而这个陌生人是个骗子），这些仍然让我着迷，并激发我再写两百五十或三百页，以便使用这些角色。这本《一月的两张脸》的第二版，也就是现在的版本，也被哈珀与罗出版公司断然拒绝了，这次我认为他们错了，尽管我把这本书暂时搁置，至少在精神上，除了去写另一本书，我不知道该做什么。这些小挫折，有时相当于浪费了数千美元的时间，作家们必须学会像斯巴达勇士那样自己咬着牙接受下来。也许是短暂的诅咒，然后勒紧裤腰带，继续做新的事情——当然是带着热情、勇气和乐观，因为没有这三个要素，你不可能写出任何好作品。

　　1962年6月，我在波西塔诺时听到了关于第二版《一月的两张脸》的消息。我记得自己很惊讶，也很困惑，但不知为何没有沮丧。毕竟，这是我的第七或第八本书，我以前也有过被拒稿的经历，而且随着时间的推移，拒绝确实变得容易承受。更重要的是，这一次，我认为我喜欢这本书是对的；我不觉得我的创作是低劣的，或者写了一本无聊的书。但我没有对这本书采取任何行动，回到家里，开始考虑我构思的那本关于监狱生活的书。几个月后，当我在伦敦短暂停留时，我给我的出版社海尼曼出版社打了个电话，提到了《一月的两张脸》被退稿的事儿。海尼曼的编辑说："让我们看看吧。"我照做了，海尼曼公司就按原样出版了它。几个月后，英国犯罪小说作家协会把它选为当年度最佳外国犯罪小说，并给了我一把"匕首"作为奖励，我至今都拿它来拆信。这就是一本被拒绝了两次的书的奇特命运。而在写这篇文章时，在两个改编电影的购买权都失效后——一个来自英国，一个来自美国——家慕尼黑电影公司即将购买改编电影版权。

1964年初，哈珀与罗出版公司拒绝了《玻璃牢房》的第二稿，也即最后一稿。这样一来，我就有两本书被哈珀与罗出版公司拒绝了，我认为这两本书都很好，而且是可出版的形式。所以我很不情愿地——没有作家喜欢换出版商，而且作家应该尽可能少地换出版商——向道布尔迪公司提交了海尼曼版《一月的两张脸》的装帧校样。他们接受了它，但我不得不从里面删去四十页，再重新写出四十页，然后粘贴到样书里面。删改一本已经看起来像印刷品的手稿是一种奇特的感觉，但处理起来要容易得多，而且要数好要删去的行数。我一定是把装帧样本看了三十遍，才得出了要删掉的正确行数——千三百二十行，总共四十页。

当时，我决定把《玻璃牢房》被拒绝的手稿给我在双日出版社的编辑看——他在伦敦工作，它也被接受了，但我不得不删去四十页。经过删减——先是用黑笔，然后用红笔，有些页面只剩下三行。

关于这本书

《纽约时报书评》的评论，开头就很令人不快："我无法理解海史密斯女士这本书在写些什么。"结尾处又写道："最好还是自己读读看，看看你会怎么想。"这篇文章里，没有哪怕一句能用在广告里的肯定的话。

一份报纸说它"……以任何标准来看都是非凡的"。《柯克斯评论》称，这是我"自《列车上的陌生人》以来最好的书"。虽然美国似乎没人想要把它拍成电影或重印，但每年还是能够卖出去几千本，可能是因为我总体上名声不错。

它在英国的口碑要好得多，出现在了所有重要的报纸和每周评论中。书的初版精装本发行一年后，也出现了平装本。

对这本相当阴郁的书，从来没有哪怕一个美国人想要把它拍成电影，但在 1978 年，它被拍成了一部与书同名的德国电影，由赫尔穆特·格里姆扮演菲利普·卡特。影片背景主要设在法兰克福，卡特和他的妻子黑兹尔在一栋高层现代建筑中拥有自己的公寓。监狱的部分，或者说书的三分之一内容，几乎被删除了，我们只看到有那么几分钟，卡特躺在监狱的小床上，由于心理压力而失眠和出汗，还有一个闪回的场景，在卡特入狱前，他的妻子在法庭上坚定地表示，自己和丈夫的银行账户不管过去还是现在都没有额外款项，她的丈夫是无辜的。

这部电影在德国和纽约都获得了好评。我发现扮演大卫·沙利文的演员很剽悍，为他写的台词也很剽悍。他不是书中沙利文那样温文尔雅的人物，所以，我很难想象黑兹尔会和他产生感情，而电影中的黑兹尔和书中的黑兹尔一样敏感，如果不是更敏感的话。从小说到银幕的改编过程中，这样的角色变化会让作家感到震惊。最重要的事情是：这样的电影有影响吗，有可信度吗？

关于一般意义上的悬念的一些说明

前面我提到了悬疑分类中存在的范围，但仅仅是还需要（我觉得）指出这一点，就是荒唐而不幸的。我希望，会有一些本书的读者想要成为作家，而不是悬疑作家，因为我认为我所说的大部分内容对各类写作——至少是小说写作——都是适用的。美国人、美国书商和美国评论家所钟爱的"悬疑"这个标签，只是对年轻作家想象力的一种阻碍，就像任何分类、任何专断法一样。这是对本不应受限制的地方设限。年轻作家应该做一些新的事，不是为新而新，而是因为他们的想象力是鲜活的、自由的。杀手、变态、夜间跟踪者，这些都是老套了，除非能用一种新的方式来写。

"悬疑"标签

我的小说《那些离开的人》在美国被贴上了"悬疑小说"的标签，尽管其中没有谋杀，没有大型犯罪，也几乎没有暴力的情节。它聚焦的是某个假定的凶手身边的人，以及他们对凶手的态度。主人公饱受焦虑折磨，尽管他避开了自己害怕的宿命。书里某一处，主人公和他的岳父都一度被怀疑是凶手，我对主人公的朋友们会对这两个人作何判断很感兴趣。

为了说明我对分类的看法，我必须再次引用我的第一本书《列车上的陌生人》。当我写这本书时，它只是"一部小说"，然而，等它出版时就被贴上了"悬疑小说"标签。从那时起，我写的任何东西都被归入"悬疑"类别，这就意味着你（至少在写作生涯开头）会遭受如下命运：报纸对你的评论注定不会超过三英寸，还要被迫与得到同样短小待遇的好坏不一的小说（我说的"坏小说"，指的是那些不受重视的雇用作家写的书）挤在一起。我在大学里开始写短篇小说时，其中有一半可能是现在所谓的"悬疑小说"，有一半不是，但没人会在大学校刊上使用"悬疑"这个词。我在大学里写的这些故事，其中的一篇《女英雄》最早发表在《时尚芭莎》上，后来又在《欧·亨利奖获奖作品选》中重印，当时没人叫它"悬疑小说"，尽管按照出版业的标准，《女英雄》这篇确实算得上是。在我的短篇小说中，有一半以上从未卖出去，从任何角度看，只有一半可以称为"悬疑小说"。那些卖了出去的小说，并不一定是"悬疑小说"。

另一个例外《伊迪丝的日记》，这本书于1977年和1978年在美国、英国和欧洲几个国家出版，被认为是一部严肃小说。据评论家说，这是我迄今为止最好的作品。这个故事再普通不过了：一对中产阶级夫妇带着一个十岁的儿子从纽约搬到宾夕法尼亚州的一个小镇上，期待着更幸福的生活。儿子大约二十岁的时候，丈夫因为自己的年轻秘书，与妻子离婚了。这个儿子的人生非常失败，而他的母亲只能在家里陪着他。也许正是人物性格的变化以及其中出人意料的部分，使这本书比故事线预示的那样要更好。

我的另一部作品是《动物爱好者的野兽谋杀书》，其中有十三个短篇小说，动物们在这些故事中打败了它们的主人或所有者，因为这是后者应得的报应。我的《厌女症小故事》（和"动物爱好者之书"一样，没有在美国出版）由十七个非常短的故事组成，讲述了女性的小瑕疵——尖刻、严厉，还有坏脾气。这种在神秘与悬疑类型之间的摇摆，给了作家精神自由，也吸引了更多的读者。

在法国、英国和德国，我没有被归类为悬疑小说家，就直接被视作小说家，与美国相比，我在这些国家相对的名气更大，得到的评论更长，书的销量也更多。在英国，我的作品是由知名评论家或作家来评论的，而且也不会被贴上"惊悚"或"悬疑小说"的标签。在法国，文学刊物上对我某部小说发表整版评论，或者报纸上刊登半版评论，并不罕见。我所有的书都被收入阿歇特出版社的著名的"口袋文库"① 系列，与世界文学经典一起出版。

一位编辑曾告诉我，一般的悬疑或推理小说的销售都会有一个底限，也会有一个上限——任何这一类的书都会有一定数量的人购买，无论它写得多糟糕。而这些销售数字并不

---

① 原文是 Livres de Poche。

会让人很开心。一些读者哪怕做梦也不会去买一本推理或悬疑小说，不管书有多好，因为他们不喜欢"那一类的书"。但是，越来越多的此类小说在畅销书排行榜上名列前茅，并且停留数周甚至数月之久。肯·福莱特、约翰·勒卡雷、海伦·麦金尼斯、罗伯特·陆德伦和其他一些人的悬疑小说现在经常出现在榜上。

总体而言，美国的批评家和评论家确实认为悬疑小说比严肃小说肤浅、低级，后者理所当然被视为更严肃、更重要，也更有价值，就因为它是严肃小说，且作者被认为有严肃的写作意图。

品质的标志

要想改变自己的命运，提升悬疑小说的声誉，悬疑作家可以在书中加入洞察力、人物性格、拓展读者想象的新视野，这些都是一直以来让小说变得出色的品质。例如，如果一个悬疑小说家要写谋杀者和受害者，写卷入一连串可怕的事件的旋涡之中的人，他必须做的就不仅仅是描写残暴和血腥，而是应该努力揭示人物的心灵；他应该对这个世界上的正义与不正义、善良与邪恶，对人类的懦弱或勇气抱有关注——而不仅仅是把这些作为从不同方向推动情节的力量。总而言之，他所创作的人物必须让人感觉是真实的。

这种严肃的态度似乎与我在谈及情节时提到的游戏元素

不一致，但事实并非如此。在构思悬疑小说的过程中，游戏精神是必要的，它鼓励自由想象，在创造角色方面也是必要的。但是，一旦你心中有了角色，有了情节，就应该极其严肃地推敲角色，应该关注他们在做什么，为什么要这样做；如果不加以解释——解释太多可能在艺术上是不好的——那么，作家就应该知道，为什么他的角色会有这样的行为，应该能够回答自己提出的这个问题。在这个意义上，才会产生洞见，也正是在这个意义上，一本书也才有了价值。洞见不仅仅存在于心理学书籍之中，也存在于每个有创造力的人身上。而且——看看陀思妥耶夫斯基——无论如何，作家总是领先于教科书几十年。

经常会发生这种情况：一个作家在他的小说中反复使用同一个主题或模式。他应该意识到这一点，不把它视作一种阻碍，而是很好地去利用它，且有意识地重复它。有些作家可能喜欢使用寻找这个主题：寻找一位从未认识的父亲，寻找彩虹脚下不存在的一罐金子。还有的作家可能会周而复始地写痛苦女孩的母题，这会推动他们构思情节，不写这个母题，他们就不会真正安心。还有一个经常被使用的主题是：注定会失败的爱情或婚姻。

我在小说中反复使用的主题是两个男人之间的关系，外在表现通常有很大的不同，有时是善与恶的明显对比，有时仅仅只是合不来的朋友。在《列车上的陌生人》的中段，我自己可能已经意识到了这一点，但在我二十六岁刚开始写

《列车上的陌生人》的时候，是一位记者朋友向我指出了这一点，他看过我二十二岁时的第一部作品的手稿——我已经提到过，那本书一直没有完成。那个故事是关于一个被宠坏的富家子弟和一个想当画家的穷小子的。他们在书中都是十五岁的孩子。就好像这还不够似的，我又写了两个次要角色，一个男孩很强壮，喜欢运动，他不怎么去上学（就算去了，也只是拿在东河岸上发现的溺水死狗的肿胀尸体这类事情来吓唬学校），另一个男孩个子矮小，很聪明，经常傻笑个没完，很崇拜前者，两人总是在一起。这种"双男主"(two-men) 的主题在《弥天大错》《天才雷普利》《活人的游戏》和《一月的两张脸》中也出现过。《玻璃牢房》中，卡特和高维尔之间那种战友般对抗社会的奇特态度，也有点这方面的影子。《跟踪雷普利》(1980 年出版) 也涉及两个男人的关系，尽管在那本书中，这种关系发生在雷普利和一个比他小得多的男孩之间，雷普利对待那个男孩的感觉更像是父亲，而不像是敌手。因此，在我的十一部小说中有七部（我的公认"最佳"作品也在其列），出现了这个主题。

主题是无法寻找的，也无法努力争取；它们自己会出现。除非你有重复自己的危险，否则应该充分使用这些主题，因为一个作家如果能善加利用那些（由于某种未解原因）与生俱来的东西，会写得更好。

例如，我写过的真的乏味的书，是我的第五本书《活人的游戏》，其中的凶手（杀了第一章那个死去的女孩）只是模糊地在故事前期提了一下。他不会遭到怀疑。另一个我们更熟悉的人招供了，尽管他的供词没有被完全采信。真正的凶手大多数时候是不在场的，所以《活人的游戏》某种程度上成了"谁干的"这一类推理小说——这绝对不是我的强项。我曾经做了一些与我一直在做的事情不一样的尝试，但这导致我抛弃了某些对我来说至关重要的元素：意外的反转、情节推进的速度、让读者轻信的能力，以及最关键的，和凶手建立的亲密关系。我不是一个擅长创造谜题的人，也不喜欢秘密。一年之内，我将这本书重写了四次，弄得筋疲力尽，结果仍然相当一般。我总是对外国出版商和考虑重印的出版商说："这是我最差的书，所以请你在购买之前考虑清楚。"然而，我相信，作家利用自己的强项，什么故事都可以讲好，但作家必须首先意识到他的强项是什么。在那本无聊的书中，我违背了我的自然规律。

　　我对其他人的悬疑小说谈得很少，主要是因为我很少读这些书，所以我没有资格去评论某一本具体的悬疑小说好、极好，或好在哪里。我最喜欢格雷厄姆·格林的消遣小说①，主要是因为它们写得很聪明，文字也很有技巧。他也关注伦理问题，即使在消遣小说中也是如此，而我对伦理问题

---

① 格雷厄姆·格林把自己的作品分为两类：消遣小说（entertainments）与严肃小说（Catholic novels）。前者供读者娱乐消遣，如《第三个人》《哈瓦那特派员》等，后者多探讨天主教信仰，如《权利与荣耀》《问题的核心》等。

很感兴趣，只要它不是说教。毫无疑问，研究整个悬疑写作的"最佳"领域，不管那是什么，对悬疑作家来说都是有好处的，但我还是不打算进行这种研究。毕竟，我不认为自己是一个严肃的悬念作家，我也没有兴趣去看另一个作家如何成功地处理一个困难主题，因为当我面对打字机和我自己的问题时，我记不住他或她的例子。我读格雷厄姆·格林的小说是出于消遣，但我从未想过要模仿他，甚至也没有想过要接受他的指导——除了我想拥有他那种总能找到准确词句的天赋，这种令人崇拜的天赋福楼拜身上也有。尽管我懒得研究自己所处的领域，很容易就能给自己找到一个合理的借口，说如果我去读别人的悬疑小说，就会存在抄袭的危险。我并不真的相信这一点。抄袭是毫无热情可言的，没有热情，就写不出任何一本像样的书。

只有故事才拥有恒久不变的价值。几十年来，道德和社会行为发生了变化，但影视剧的编剧仍在挖掘亨利·詹姆斯的作品，因为他总是能讲一个好故事。我最近看了由《黛西·米勒》改编的一小时长的电视连续剧。1910 年的风俗确实与现在有很大不同，年轻的观众一开始可能会想："这是他们的第三次约会了？他已经爱上她了，她正在和他调情，可他们竟然还没有上床？"但是，这本书的主题，除了展示黛西身上体现的那种富裕却缺乏教养的新世界与古老的欧洲文化的对抗之外，还有一个身处年轻人圈子里的女性朋友的告诫："放下那个美国女孩！她不适合你。她不适合你。她永远不会改变她的本质。她会毁了你的社交生活。"现代的观众或读者可能会想："毁了他，怎么做？如果她真的这样做，会怎么样？"然而，随着故事的发展，你开始密切关注这些事件的影响，开始理解——如果还没有认同的话——这个年轻人和他的社交圈，并理解这个年轻人所做决定的重要意义。性关系完全没有被提及，可是又能被随时感受到，因此可以说是在《黛西·米勒》中无处不在。非常精彩，引人入胜。亨利·詹姆斯自己写的剧本很失败，这令人沮丧，如果他现在还活着，看到其他编剧对他的作品的改编，一定会感到骄傲。

另一个作家，一个无名的当代作家，采取的做法恰恰相反。他先写电影脚本，然后对着这个脚本粗制滥造出一本小说。角色：无。寓意：无所谓。全部都是情节，角色一见面就上床，然后就是一些看了也记不住的情节：无名小卒想要引爆某幢大楼或桥梁，把它们直轰上天，主人公阻止了这次行动。作者能赚很多钱。但你可能会怀疑，五十年后，这个作家的书会被人拿来翻拍或者改编舞台剧、电视剧吗？

《跟踪雷普利》是我的"雷普利系列"的第四本，对它的评价褒贬不一。喜欢它的评论家似乎对它爱得很深。其他评论家认为它的细节太多，因此很乏味，就惊险作品而言节奏太慢。这是一个犯了弑父罪的男孩的故事，他一直在找雷普利，目的是向雷普利忏悔，以便减轻内疚带给自己的负担，好好生活下去，如果可以的话。雷普利认为他已经成功地安抚了这个十六岁的孩子，使他能够接受自己因为一时愤怒而犯下的罪行。这样一本书，要么成功，要么不成功。一如既往，作者又回到了道德或不道德这个主题之上。在这个由愤怒的人和受雇的杀手组成的二十世纪的世界里，他们与公元前几世纪的愤怒的人和受雇的杀手没什么不同，有人关心是谁杀了人或被杀吗？读者会关心的，如果小说中的人物值得关心的话。

喜悦的感觉

　　写到这里时，我感到我遗漏了一些东西，一些关键的东西。我确实漏掉了。这就是个性，是写作的乐趣，它无法真正被描述，无法用文字来捕捉，也无法与别人分享或交给别人利用。只有写作才有那种奇怪的力量，可以将某个房间，任何一个房间，变成一个对作家来说非常特别的场所，他在那里创作、流汗和咒骂，或许还能体会几分钟的胜利和满足。在我的记忆中，有许多这样的房间——慕尼黑附近的安巴赫的一个小房间（以前住着某个旅馆的女仆），天花板低到我无法站在它的一端；英国沿海城市的一个冰冷、漏水的房间，我曾经拼命地堵住它的裂缝，仿佛身处一艘沉没的船上；佛罗伦萨的一个房间，有一个怎么都燃不起来的木炉；罗马的一个房间，每次只要一想起它的内饰，艰苦的工作和混乱掺杂的记忆就会涌上心头。这些强烈的记忆和情感都无法与人分享，这就是写作的孤独。

　　至于令人愉快的方面，在写书时，有一种愉悦地完全沉浸在文字中的感觉，无论写作需要六个星期、六个月或更长时间。你在写一本书的时候，必须保护它——例如，把书的部分内容给一个你非常确定会发表严苛评论的人看，就是一个糟糕的错误，这可能会损害你的自信，但是，写书也会以它的方式，来使你免受各种情感打击，免受那种可能会让你受伤、让你分心的摧毁性打击。

　　当我们的经济稍有起色之时，作家那种朝不保夕、超然独立的生存状态也存在反面：我们可以在淡季时飞到马略卡岛去晒几个星期的太阳，而我们的朋友却被困在城市里，或者我们可以加入一个正驾着一艘破船从阿卡普尔科到塔希提岛的朋友，不用担心航程会有多长，而我们可能会就这次航行写一本书。作家的生活是非常不受约束、自由的，就算遇到某些困难，也能同时收获一些安慰：因为我们并不孤单，只要人类族群还在延续，就永远不会孤单。经济常常会是一个问题，作家们总是受困于它，但这也是游戏的一部分。而游戏规则是这样的：大多数作家和艺术家在年轻时必须从事两份工作，一份工作用来挣钱，另一份工作用来做自己的事。实际情况还要更糟一些。美国作家协会指出，美国百分之九十五的作家必须终生从事另一份工作以维持生计。如果自然没有带来这种额外的力量，那么对写作的热爱和需要会赋予你这种力量。就像拳击手一样，我们可能在三十岁以后开始走下坡路，也就是说，不能只靠睡四个小时过活，然后我

们开始抱怨税收，感到社会想要让我们都破产。此时我们就
要记得，早在政府被设想出来之前，艺术家就已然存在，并
且一直坚持了下来，就像蜗牛、浣熊，还有其他恒常的有机
生命形式一样。

作家简介

帕特里夏·海史密斯（1921—1995），出生于得克萨斯州的沃斯堡，六岁时搬到纽约，就读于当地的朱莉娅·里奇曼中学和巴纳德学院。早在十六岁时，她已决定要成为一名作家，因此，大四时她参与了大学校刊的编辑工作。她的第一部小说《列车上的陌生人》在1951年被阿尔弗雷德·希区柯克拍成一部经典电影。1955年出版的《天才雷普利》引入了迷人的反英雄汤姆·雷普利，这部小说1999年由安东尼·明格拉拍成电影，并获奥斯卡奖。格雷厄姆·格林称帕特里夏·海史密斯为"恐惧的诗人"，说她"创造了一个属于她自己的世界——一个幽闭和非理性的世界，我们每次进入，都会感到自己面临某种危险"。《泰晤士报》推选的史上最伟大犯罪作家的名单，将海史密斯列在榜首。1995年2月，帕特里夏·海史密斯在瑞士洛迦诺去世。同年，她生前的最后一部小说《夏日田园诗》出版。